# 冷徹御曹司と極上の一夜に溺れたら
# 愛を孕みました

目次

# 冷徹御曹司と極上の一夜に溺れたら
# 愛を孕みました

# プロローグ

「この度、副社長に就任させていただく田崎悠太《たさきゆうた》です。皆様のご期待に添えるように、精進して参ります。ご指導ご鞭撻賜りますよう、よろしくお願いいたします。そして、私事ではありますが、来栖亜美《くるすあみ》さんと婚約いたしましたことをご報告申し上げます」

会場は盛大な拍手に包まれている。

「……」

ただ一人、月川《つきかわ》さくらだけが訳がわからず呆然としていた。それもそうだろう。今の今まで彼氏だと思っていた人物が、目の前の舞台上で隣に立つ知らない女性と二人、仲睦まじく婚約を発表しているのだから……

今は、神楽坂グループのホテルで行われている『田崎ホールディングス』の創立五十周年を祝う記念パーティーの真っ最中だ。

神楽坂グループは、金融、ホテル、不動産、石油、海運、食品、飲食業など、あらゆる業種を傘下に持つ世界的に知られる巨大な企業だ。

田崎ホールディングスはその神楽坂グループ傘下で、外食部門に属している。

そして、さくらは悠太の秘書であり、恋人だった、はず……

今この瞬間まで、二人が恋人関係を解消した事実はない。さくらにとって悠太の言葉は寝耳に水で、意味がわからない状況だ。しかし人間驚き過ぎると、意外と冷静になれるのかもしれない。さくらは、ここ一ヶ月のすれ違いを振り返った。

悠太からは、社長である父からお見合いをするように言われたと聞いていた。悠太に副社長への昇進の話が出ていて、見合い相手に会わずに断る選択肢はないと説明されたのだ。

仕事では毎日顔を合わせるが、忙しくてお見合いの話を聞けないまま二週間ほど経ってしまった。微妙にぎくしゃくした空気が流れていたが、気のせいだと無理やり自分に言い聞かせる。

そして週末、彼のマンションへのお誘いがあったが、タイミング悪く生理になってしまった。いつもなら気にしなくていいと言ってくれるが、その日はまたにしようと断られたのだ。今思うと、この時点で悠太との未来は決まっていたのかもしれない……

田崎の御曹司で専務である悠太との関係は、元々周囲には秘密にしていた。知られると仕事がやりづらくなる。しかも、さくらは秘書という立場上、二人きりになることも多い。やましいことはないが、余計な詮索はされたくない。

良かれと思って関係を隠して来たことが、結果的に悠太にとって都合のいい存在になってしまったようだ。

無事に挨拶を終えた悠太と婚約者だと紹介された女性――来栖亜美は腕を組み、舞台からパーティー会場に降りて挨拶に回る。お見合いで知り合ったばかりとは思えない仲睦まじい様子が、更にさくらを混乱させた。今日は秘書としてではなく、他の社員同様にパーティーへ出席するように言われたのも頷ける。

彼女とは以前から付き合っていたのだろうか？　自分はずっと裏切られていたのか。

疑いだけが膨れ上がる。

さくらにとって、悠太は初めてできた彼氏だ。専務秘書に抜擢されて以来、必死で頑張ってきた。秘書になって数ヶ月後に告白された時には、自分が悠太に認められた喜びと、御曹司である悠太との立場の違いに戸惑い悩んだものだ。それでも悠太の誠実な人柄に惹かれたのと、積極的なアプローチを受けて付き合うことにした。それから、三年の日々を恋人として一緒に過ごした。幸せだった二人の関係は、幻だったのか……

悠太との将来を少なからず思い描いていたさくらには辛い現実だった。立ち尽くしているさくらの側まで来た二人が、男性と会話している声が聞こえてくる。本当なら逃げ出したいが、さくらが悪いことをしている訳ではない。

「おめでとう。これで田崎ホールディングスも安泰だな。田崎社長も喜んでいるだろう」

「ありがとうございます。そうですね。家庭を持って落ち着けと常々言われていましたので」

「それにしても仲睦まじいな。交際は、長いのかね？」

「いえ、先日お見合いで知り合いまして。僕が一目惚れしたんです」

「ほう、それはそれは。お幸せにな」

「はい」

「ありがとうございます」

悠太と亜美が揃って男性にお礼を述べている。さくらの存在を知らない人達には、ただただ幸せなカップルに映っているだろう。

次の挨拶へ向かう二人が、さくらの目の前まで来た。立ち尽くすさくらと、気まずい顔をする悠太と、腹黒い笑みを見せる亜美。悠太は気づいていないが、さくらは瞬時にわかった。きっと、さくらと悠太の関係を知っていたのだ。先程の話で、さくらとの交際期間中に二股をかけていた訳ではないことはわかったが……

結果的には、さくらではなく亜美を選んだ事実は変わらない。二人が通り過ぎるまで待つしかなかった。

# 第一章　運命の一夜

平静を装って凛とした足どりでパーティー会場から出たさくらは、ホテルの最上階を目指す。エレベーターからは、ネオンの輝く美しい景色が見える。今のさくらの心情とは正反対の、キラキラと輝く世界だ。

今にも目からは涙が溢《こぼ》れそうだが、どうにか堪《こら》える。このホテル自慢の夜景スポットにもなっていて、一度は来てみたいと思っていた憧れの場所であるダイニングバーへ向かった。今まで贅沢もせずに一生懸命頑張ってきたのだ。悠太と交際している間も、私生活ではずっと慎ましく過ごしてきた。

今日ぐらいこんな素敵な場所で、記憶がなくなるまで飲んで贅沢しても許されるはず——

そう思いながら、案内されたカウンターで強めのカクテルを頼んだ。悠太を忘れようとしてお酒を飲んでいるのに、それでもこうして一人で飲んでいると、二人で過ごしてきた日々を思い出してしまう。

＊＊＊

田崎ホールディングスに入社後、新入社員研修を終えたさくらは総務部に配属となった。語学力や秘書検定の資格を活かせる秘書課が希望だったが、この年は配属の枠がなかったのだ。ただどの部署になっても、精一杯勤めることに変わりはない。真面目に仕事をこなす日々が続いた。

転機は入社半年が経った頃だった。秘書課に急な退職者が出たのだ。そこで経歴や資格の有無から、さくらが選ばれた。

憧れていた秘書課。

夢が叶った喜びと責任ある仕事に、緊張の日々を過ごすことになる。そして少し慣れた頃に抜擢されたのが、専務秘書だった。田崎ホールディングスの御曹司で、女性に人気の悠太の秘書になれるとは思っていなかった。選ばれたからには期待に応えたいと、とにかく必死だっただけだ。

そんな一生懸命なさくらに、悠太が猛アプローチをする。勢いに負けたのか、強い想いが伝わったのか、戸惑いながらも悠太の想いを受け入れて、二人の交際が始まった。

ただ専務と秘書が交際していると知られたら、何かと詮索されたり、いらぬ噂を立てられたりする可能性が高い。まだまだ新人のさくらの立場を考えて密かに愛を育み、幸い誰かにバレることもなく付き合ってきた。今日、あの発表があるまで、悠太の恋人は自分だと疑うことすらしなかったのだ。まさに、寝耳に水の出来事だった。

まだこの瞬間も、嘘だと言ってくれるのではないかと思ってしまう。

＊＊＊

どれぐらい時間が経ったのか——ハイペースに飲み続けて夜景すら視界に入らないくらい酔いが回った頃、さくらの隣に誰かが座った。気配を感じるが、そのまま構わずに飲み続ける。

「飲み過ぎじゃないか？」

突然、低くずっしりとした魅力的な男性の声が聞こえた。でも、自分が話しかけられているとは思いもしない。気にすることなくグラスを口に運ぶ。

「おい」

言葉と共に、グラスを持つ手が押さえられた。驚いて声の主を見るも、飲み過ぎて目が霞み、男性だということしか認識できない。

「私に何か御用ですか？」

「さっきから見ているが飲み過ぎだ」

「えっ？　この席ずっと空いていましたよ？」

「ああ、あっち」

コの字のカウンターの対面を指差す。確かに、正面の席からならよく見えていただろう。

「私のことは、放っておいて下さい」

「それができないから、わざわざ席を移動してきたんだ。そんなになるまで飲むなんて何かあったのか？　この際だから、話してみろよ」

「……初対面のあなたに？」

「初対面だからいいんだろう？」

そう言われるとそんな気がしてくるから不思議だ。かなりの量のお酒が入り、判断能力も低下しているからだろうか。

「愚痴なんて聞いても、面白くないのに……」

「それは、俺が判断することだ。今の気持ちを素直に吐き出してみろ」

「時間の無駄だと、後悔しても知りませんよ？」

「俺の時間を気にする必要はない」

「わかりました。そこまで仰るなら……。さっきまで、このホテルで会社の創立記念パーティーがあったんです。そこで、今日まで彼氏だと思っていた人が突然婚約を発表したんです。私じゃない人と……。おかしくないですか？」

「……ああ」

「婚約者だという女性と幸せそうにしている姿を突然見せられて、訳がわからないし、頭が真っ白になるしで。今までの三年間は何だったんだろうと思うと哀しくて……。しかも、私とは全然タイプの違う可愛らしい女性で、何で私と付き合っていたのか」

「そうだな……」

「彼とは……立場も違いますし、交際を始める時にも、悩んだんですよっ……！　でもっ、彼なら大丈夫だと思ったのに……。私はっ……、彼の何を見ていたのでしょう……？」

さくらが詰まりながらも経緯を話す間、男性は軽い相槌《あいづち》を打つだけで、口を挟むことなく真剣に聞いている。

「自分の見る目のなさにも泣けてきます！　ほんと腹が立つ！」

一方的に胸の内を吐き出したさくらに、彼は何を言う訳でもなく、大きな手で頭を優しくポンポンとしてくれた。

温かい手が大丈夫だと言っているようで、初対面で警戒していたのが嘘のように、今まで我慢していた涙が一気に溢《あふ》れ出す。涙を流し続けるさくらを、彼は黙ってただ優しく見守っていた。

先程までの荒れ狂う胸の内が、少しだけ落ち着きを取り戻す。

「なあ」

「はい」

「辛い記憶を、俺が塗り替えてやろうか？」

「えっ……？」

「この最悪の夜を、最高の一夜に変えてやるよ」

さくらの手を男性が包み込んだ。普通の人が言うと何様だと思うセリフも、不思議と違和感がない。優しく大きな手と、自信に満ちた大人の男性の声。顔がはっきり見えないのが残念だが、どこの誰だかわからない声の主に、さくらはなぜか惹かれていることに気づく。

「……忘れさせてくれますか？」

悠太としか付き合ったことがない真面目なさくらにとっては、一夜の関係を持つなんてあり得ない状況だが、なぜか男性の言葉が胸に響いたのだ。気づくと思いがけない大胆なセリフが口から出ていた。

「ああ。俺に全てを任せろ。名前は？」

「さくらです」

「俺は怜《れい》だ」

「怜さん……」

「ああ。じゃあ行こう」

怜に促されてカウンターから立ち上がるが、少しよろけてしまう。そんなさくらを、大きな手がさり気なく支えた。女性にしては長身のさくらでも、見上げるほどの高身長の怜。普段から女性の扱いに慣れているのだろうか、エスコートは完璧だ。腰に手を添えて歩き出し、そのまま店を出ようとする。

「あっ、お会計がまだ……」

「大丈夫だ」

「えっ？」

何が大丈夫なのか理解できないが、さくらはなぜか、怜ならこの哀しみから自分を救ってくれる気がしたのだ。到着したエレベーターに乗り込み、身を任せる覚悟を決める。そして、エレベーターはすぐに目的の階へと到着した。

エレベーターを出て、フロアに降り立つ。さくらの知っているホテルの廊下とは比べものにならないほど毛足が長く柔らかい絨毯の感触。明らかに他とは違う高級なフロアだとわかる。

よく考えると二人でホテルに宿泊したことはなく、いつも悠太のマンションで会っていたのだ。高級なマンションではあったが、旅行などには連れて行ってもらったことがない。無意識に、今までの悠太とのことを思い出していた。

「他の男のことを考えているのか？　余裕だな」

「そんなことは……！」

「大丈夫だ。そんな余裕はすぐになくなる」

その不敵な笑みに、思わず背筋がゾクッとした。ぼんやりとした視界でもわかるほどの端正な顔立ちに、凄まじいオーラと色気が伝わってくる。怜がスーツの内ポケットからカードらしきものを取り出して扉のところにかざすと、電子音が鳴り、ガチャッと鍵が開く音がした。

「さくら、今ならまだ引き返せるぞ」

「全部、忘れさせてくれるんですよね？」

「ああ、後悔はさせない」

その言葉に、さくらは自然と頷いた。それを確認した怜に手を引かれ、さくらは部屋の中へと引き入れられる。

バタンッと扉が閉まった瞬間、さくらの口は怜の唇で塞《ふさ》がれた。怜のひんやりとした唇が、さくらの酔いの回った温かい唇と合わさり、体温を分け合う。触れるだけだったキスがだんだんと深くなり、さくらの口内を弄《もてあそ》ぶ。

「んんっ……」

無意識に漏れる色っぽい吐息。悠太とは違い、キスだけで感じてしまう。かなりの上級者だと一瞬頭を過《よぎ》ったが、次の瞬間には身体がふわりと浮き上がり、お姫様抱っこをされて思考が停止した。

「あのっ、重いからっ」

「もう、黙って俺だけに溺れろ」

俺様な発言も、全く違和感がない。こうしてお姫様抱っこをされるのも初めての経験だった。お姫様抱っこなんて、小説の中だけの出来事だと思っていたのだ。

どうしていいのかわからずに、怜の胸に顔を埋める。お姫様抱っこが、こんなにも恥ずかしいものだと初めて知った。怜からは爽やかなマリン系の香りがして、男性らしさと色気が相まってくらくらする。悠太には感じたことのない感覚だ。比べる訳ではないが、怜は格が違った。

悠太の秘書として多くの地位のある人達と対面してきたが、彼はその中の誰とも比べられない最高の気品を持つ、最上級の男性だと感じた。

――怜は、一体何者だろう。

考え事をしているうちに、気づけばベッドルームに運ばれていた。室内を見る余裕すらなかった。ベッドルームの扉を開くと、驚くほど広い部屋の真ん中にキングサイズのベッドがドドンと鎮座していた。一瞬にして、今の状況に緊張感が増す。

「もう余計なことは考えるな」

言葉と共にベッドに寝かされ、上から怜が見下ろしている。

ここで初めて、まともに顔を見た。長身で端正な顔立ちだとは感じていたが、日本人とは思えないくらい顔が小さくて色素の薄い、まるで王子様のようなイケメンの姿に驚く。

一瞬、どこかで見たことのあるような……と思ったが、そんなことを考える余裕はすぐになくなった。

いきなり深いキスが降り注ぎ、もうそれだけで何も考えられなくなる。さくらがキスに翻弄されている間に、怜の手はブラウスのボタンを器用に外していく。

今日のさくらは一社員としてスーツ姿でパーティーへ出席していたが、婚約者の小柄な女性――亜美は可愛らしいドレス姿だった。長身のさくらには、絶対に似合わないドレス。

すぐに余計なことに意識を持っていかれそうになるが、それもここまでだった。さくらの胸があらわになり、怜の手がそれを優しく揉みしだく。

「んんっ」

「さくら、綺麗だ」

キスの合間に怜が甘い言葉を放つ。そのまま胸の先端を口に含まれて、反対側は強弱をつけて揉みしだかれた。あまりにも妖艶な舌の動きと絶妙な手の動きに、すでに目の前がチカチカしはじめてくる。

「あっ、ダメッ」

すぐにイキそうになってしまう。今まで、こんなに感じた経験がなかっただけに怖くなる。

「ダメじゃない。もっとだろ？　素直になれ」

「んんっ。おかしくなっちゃいそうで怖い……」

「俺が、さくらの全てを愛してやる」

言葉と共に、胸を愛撫していた口と手の刺激が強められて、一瞬にして目の前がチカチカして頭の中が真っ白になった。

怜の愛撫に翻弄され、さくらは達してぐったりとしてしまう。

「本番はまだまだこれからだ」

「今のは一体何……？」

「はあ？　田崎と付き合ってたんだよな？」

怜からは、驚いたような素っ頓狂な言葉が聞こえてきた。

「……はい。でも正直、気持ちいいとかじゃなくて、愛情確認の行為なんだと……」

悠太にとってのセックスは、さくらを気持ちよくするのではなく、自分が気持ちよくなるための行為でしかなかった。独りよがりな男だったのだ。

怜はさくらを強く抱きしめて、慰めてくれる。何も知らなかったさくらを好きにしていた悠太に怒ってくれているようだ。ただ悠太が間違った道を選び、さくらを手放したことだけは褒めてやると、怜が内心で思っていることを、今のさくらはもちろん知る由もない……

「片方だけが気持ちよくなる行為は間違っている。俺が本当の愛を教えてやる」

今まで誰も愛したことのない怜も、さくらを前にして無意識に素直な気持ちを口にしていた。だが残念なことに、さくらには怜の本心が伝わっているはずもない。

裏切られた可哀想な自分を精一杯慰めてくれているのだろうと、さくらは思っているのだ。

「今から俺だけを見て、俺だけを感じろ」

その言葉を合図に、再び愛撫が再開された。さくらの身体中に隈《くま》なくキスが落ち、刺激を与えられる。どこを触られても、敏感に反応してしまうのだ。

「もうトロトロだ」

そう言うとさくらの脚を大きく開き、そこにも口づける。膣内《なか》に指を入れてかき回し、わざと愛液が滴《したた》る手を見せ、さくらが恥ずかしがって赤面する様子に満足気な様子だ。

初々しいさくらの反応を楽しんでいるようにしか思えない。かなり焦らしているが、怜もすでに限界を迎えているような表情になった。ゴムを取り出して、さっと装着している。

「挿入《いれ》るぞ」

声と共に怜の熱くて大きいモノが、ゆっくりと奥深くまで挿入《はい》ってきた。

「ああっ……！」

ひときわ大きくなったさくらの喘ぎ声が室内に響く。優しくしていた怜だったが、狭い膣内《なか》に余裕がなくなったようだ。さくらの身体《からだ》は激しく揺さぶられて、身体同士が激しく当たる音が響き渡り、羞恥心を煽られる。怜のモノが角度を変えて、奥深くまで何度も挿入《そうにゅう》されるのだ。今までに感じたことのない強い刺激と快感を受けて、悠太のことなど忘れて怜に身を任せた。

「今、誰に抱かれているかわかるか？」

「れ、怜さん……」

「ああ、俺だけを見て感じろ」

力強い言葉が聞こえ、更に強く最奥まで突かれて二人同時に果てた。

今まで膣内で果てることのなかったさくらの身体は、初めての経験に熱く火照《ほて》っている。ぐったりとしていると、怜がすぐに覆いかぶさってきた。

「え？」

「何を驚いているんだ？　まだまだこれからだ」

言葉通りすぐに再開される愛撫。イッたばかりの敏感な身体を刺激されて、さくらの下半身からは愛液が止まらない。怜のモノは衰えることを知らないのか、大きく勃《た》ったままだ。繊細な動きで刺激されて、自然に腰が浮いてしまう。

怜のモノが抽挿《ちゅうそう》されるたびに粘着質な音が聞こえてきて、更に羞恥心を煽られる。

何度目かの行為の後、さくらは意識を手放した。

眠っているさくらを見て、怜はこれからは自分がさくらを幸せにすると誓うのだが……

さくらには怜の本当の気持ちは伝わっておらず、ここから長い長いすれ違いが始まるのだった。

＊＊＊

翌朝、先に目覚めたのはさくらだった。

飲み過ぎて酔っていたとはいえ、昨夜の出来事はしっかりと覚えている。隣を見ると、王子が眠っていた。寝顔まで神々しく輝いている。

怜のお陰で、さくらは今までに経験したことのない快感を知った。限界まで感じて最後は記憶さえないが、深く眠り、驚くほどスッキリしている。

どこかで見たことがあるような気がするが、彼は自分の手に負える相手ではないとさくらは思った。

一夜の奇跡だと思って忘れよう……

怜を起こさないように、そっとベッドから出て脱ぎ散らかした服をかき集めて、ベッドルームを後にした。

そして、ここで更に驚いた。昨夜、お姫様抱っこをされて通り過ぎたリビングは、見たことがないほど広かったのだ。スイートルームの中でも、一番高級な部屋だと想像できる。

怜は一体何者だろう。どん底まで落ちていた自分を助けて、ふっ切れるきっかけをくれた。もう悠太への未練は微塵もなかった。

幸い今日は土曜日だ。今後のことは週明けまでにゆっくり考えよう。

さっと着替えを済ませたさくらは『ありがとうございました』とメモだけを残して、部屋を後にした。

＊＊＊

「ん〜っ」

伸びをしながら目覚めた怜は、ベッドに自分以外の気配がないことに気づいて飛び起きる。

神楽坂グループ傘下の田崎ホールディングスのパーティーに、グループの社長として出席するため一時帰国をした。

一ヶ月ほどの予定で海外出張を組んでいたが、パーティーのことは、怜も、秘書で幼馴染みの辻《つじ》陸斗《りくと》もすっかり忘れていたのだ。今回は、創立記念のパーティーのため、欠席をする訳にもいかず、強行スケジュールで帰国した。翌日の夜には、アメリカにとんぼ返りする。

面倒に思いながらも出席したパーティー会場でさくらの姿を目にした怜は、彼女の凛とした立ち姿と意志の強い眼差しに、一瞬で惹きつけられた。怜の姿を見つけて寄ってくる者達を陸斗に任せ、彼女に魅入っていた。ところが途中から哀愁漂う様子になり、こちらまで切なくなるような表情に変わったのだ。視線を追ってみると、なんとなく状況がわかった気がした。周囲を意識してか、さくらは平静を装って会場を後にしたが、怜には全てお見通しだった。

さくらの様子が気になって仕方のない怜は、後のことは陸斗に押しつけてさくらの後を追う。

陸斗も今までにない怜の様子に気づいたのか、何も言わずに送り出してくれた。


最上階のバーのカウンターに腰掛けたさくらを見て、コの字のカウンターの対面に座った。顔見知りのバーテンダーは、怜の姿を見て目を見開いて驚いている。何の前触れもなくグループのトップが現れたのだ。だが、すぐに怜がさくらへと向けている訳ありの視線に気づいたようだった。

何も言わずに目の前へドリンクを出して、声を掛けることはしない。一流と言われるホテルのバーテンダーの対応は満点だ。

さくらの様子を見ながら、怜もグラスを傾ける。今までのことでも思い出しているのか、時折表情が歪んでいた。

アルコールに強いのか定かではないが、飲むペースが早過ぎる。このままでは、いくら強くても酔ってしまう。

そうなりたいのかもしれないが、危なくて見ていられない。

「すまない。彼女のカクテルをノンアルコールに代えてくれ。あと、支払いは俺に付けといてくれ」

「かしこまりました」

さくらの知らないところで、そんな会話を交わしていた。

そろそろ限界に近いだろうと感じて、怜はさくらの隣の席へ移動する。

「飲み過ぎじゃないか？」

怜の呼びかけに、自分が話しかけられているとは思っていないようで、反応がない。

「おい」と再度呼びかけると、アルコールで頬を赤らめて目を潤ませたさくらが、やっと怜の方へ顔を向けた。

その美貌は、いつも冷静で冷酷と言われている怜でさえ、思わず動揺するほどの破壊力だった。

今この瞬間、さくらに向き合っているのが自分で良かったと心から思う。

さくらの今の状況を詳しく把握したくて、初対面を理由に話を聞き出す。

「さっきまで、このホテルで会社の創立記念パーティーがあったんです。そこで、今日まで彼氏だと思っていた人が突然婚約を発表したんです。私じゃない人と……。おかしくないですか？」

さくらからは、裏切られた怒りよりも何も知らされていなかった疑問が大きく感じられた。もっと怒りをあらわにしてもいいのに、こんな時も真面目な人柄がひしひしと伝わり、その健気さに怜まで切なくなった。

話を聞けば聞くほど田崎のズルさに腹が立った。どう考えても田崎の方に非があるのに、文句の言葉よりも哀しみを一生懸命に堪《こら》えているさくらが、今にも消えてしまいそうで、抱きしめたい衝動に駆られる。

田崎は昔から柔らかな雰囲気を持つ男で、いつも周りに人が集まり、リーダー的な印象を与えるが、怜からすると八方美人で優柔不断としか思えない。学生時代は、常に違う女性を連れていた記憶がある。

怜に下心を持って近寄ってくる後輩のうちの一人で、皆その柔らかさに騙されがちだが、実際はかなりの野心家だった。それを見抜いていた怜は、他の後輩同様相手にはしていなかった。

ただそれでも、田崎は神楽坂グループ傘下の社長の息子。嫌でも顔を合わせることはある。

一度、秘書であるさくらを連れて歩いているのを見掛けたことがあった。

綺麗な女性だとは思ったが、田崎が連れている女に一切興味はない。パーティー会場で再び見かけるまで、さくらのことは忘れていた。

どん底のさくらとこのタイミングで再会したのは、自分にとっては運命だと怜には思える。

健気で儚いさくらを笑顔にしたい、幸せにしたいという気持ちが強くなる。今まで女性に心を動かされたことのない怜が、初めて守りたいと思える女性に出会ったのだ。

時折声を詰まらせながらも全て話し終えたさくらの頭を、気づくと無意識に撫でていた。視界の端に入ったバーテンダーが驚いている。

怜のその対応が引き金になったのか、さくらの目から一気に涙が溢《あふ》れ出した。この時点で、すでに怜の理性は崩壊していたのだ。もう、このまま手放す選択肢はなかった。

「辛い記憶を、俺が塗り替えてやろうか？」

普段なら、絶対に口にしないような言葉が自然に出ていた。

さくらも今は冷静ではない。そこにつけ込んだと言われればその通りだが、すでにさくらの一生を背負う覚悟はできている。

酔ってよろけながら歩くさくらをエスコートして、これから宿泊するスイートルームを目指す。怜にエスコートされながらも、会計を気にするさくらが可愛くて仕方ない。

女性にしては長身でスレンダーな美しい肢体。儚い彼女の素顔を暴いていくのが楽しみで、ぞくぞくする。

田崎のことを考える余裕すら与えずに熱い夜を過ごし、さくらが先に意識を手放した。

一晩で何度も繋がり、何度も熱を放出したが、まだまだ足りないと感じるほど、さくらに溺れている。寝顔を見ながらいつの間にか眠りについた怜は、まさか自分がホテルに置いていかれるとは考えもしなかった。

翌朝、隣に人の気配がないことに気づいて、怜は飛び起きた。冷静に辺りを見回すも、さくらの姿はどこにもない。自分が全裸なのも忘れてリビングスペースに行くと、テーブルには『ありがとうございました』とメモが一枚残されているだけだった。

「クソッ」

さくらが起きたことに気づかずに眠っていた自分に対しての言葉だ。

暫く呆然としていたが、スイートルームにチャイムの音が響いた。外は明るいが、起きたばかりの怜には何時なのかもわからない。

今は出たくないが、チャイムが何度も鳴っている。更には怜を呼ぶ陸斗の声が、微かにだが聞こえてくる。仕方なく、全裸にバスローブを羽織った姿で鍵を開けた。

「おい、怜。スマホを何度も鳴らしたんだぞ。って、何だ？　その色気がだだ漏れな姿は……。もしかして部屋に誰かいるのか？」

「いや、置いていかれた」

「はあ？　今、なんて言った？」

「だから、起きたらいなくなってたんだ！」

苛立ちよりもショックで自棄になっている。

「……ブハッ。アハハハハ」

泣く子も黙る神楽坂グループの社長である怜が、まさか女から置き去りにされるとは。

陸斗は笑いが止まらず、この後の展開が楽しみだと転げ回っている。

＊＊＊

ホテルから自宅に帰ったさくらは、不思議とスッキリしていた。恋人だと思っていた人に、最悪の形で裏切られてどん底だったはずが、怜のお陰で前を向けた。

もしかしたら、悠太から言い訳か謝罪の連絡があるかと思っていたが、スマホが鳴ることはなかった。だがショックではなく、正直さくらはホッとしたのだ。

ただ、仕事では直属の上司。嫌でも顔を合わせてしまう。昇進して副社長になる悠太は、今後のことをどう考えているのだろうか。

周りに関係を知られていないのは幸いだった。社内では、悠太の婚約と副社長への昇進が話題になるだけだろう。さくらが捨てられたことは、誰にも知られることはないのだ。

自主退職、異動……いくつかの選択肢が脳裏を過《よぎ》るが、さくらが問題を起こした訳ではないので解雇はないはずだ。でも、これから仕事がやりづらくなることは間違いない。

悠太の出方次第ですぐに退職できるように、『退職届』は用意することにした。


週明け、さくらはいつも通りに出勤する。オフィスビルが見えた辺りから、心臓がバクバクしてきた。表情には出さないようにポーカーフェイスを心掛ける。

やはりと言うべきか、オフィスビルへ入ったところから、話題は悠太の婚約のことで持ちきりだった。

「専務、婚約したね。しかも、副社長になるんだよね」

「ショック～密かに玉の輿を狙ってたのに」

「何言ってるの～、専務と結婚なんて無理無理」

「わからないじゃない」

「あんなに綺麗な秘書が近くにいるのに、社内では手を出さないで、別の会社の社長令嬢と婚約したんだよ」

「確かに～」

すでに、さくらのことまで話題になっていた。ここに捨てられた人がいますよ、と内心で突っ込めるほどふっ切れている。それよりも、頭の中にちらつくのは怜のこと。

ふとした瞬間に、抱かれた時の快感を思い出してしまう。我を忘れて乱れた恥ずかしさと、初めて知った気持ちよさの余韻が、まだ身体に残っているようだ。悠太と対峙する前に何を考えているのかと、自分を叱責する。エレベーターに一緒に乗り合わせた人達は、秘書のさくらに詳細を聞きたいと思っているはずだが、話しかけづらい雰囲気を醸し出す。

最上階の役員フロアに着く頃には、エレベーターの中はさくら一人になった。大きく深呼吸して気持ちを落ち着ける。少し早めの時間帯で、まだフロアは閑散としていた。

役員は各々に個室があり、廊下から秘書の部屋を通って奥に入るタイプの造りで、出勤すると必ず上司と顔を合わせることになるのだ。

そして悠太の出勤時間が近づいてきた。さくらは、悠太の出方を見てから今後のことを決めようと思っていた。この際だから遠方に異動でも構わない。その方がお互いのためだろう。

カチャリとドアが開く音がして、悠太が専務室に入ってきた。副社長には来月から正式に就任となる。

「専務、おはようございます」

「おはよう」

まるで週末の出来事など存在しなかったようないつもと変わらない会話に、身構えていたさくらは訳がわからなくなった。

今から仕事だからと気持ちを立て直して、通常通り業務に取りかかる。月曜日の朝は、とにかく忙しいのだ。

もう少し気まずい空気になるのかと思っていた。それとも、二人の関係はもうなかったことにされているのだろうか。それならそれで構わないが、曖昧なままだと先に進めない。

モヤモヤとしながらも、お昼を迎えた時だった。一階の受付から内線が入る。

「お疲れ様です。受付の中山です」

「お疲れ様です」

「専務にお客様ですが……」

「えっ、本日アポは入っていませんが」

「お客様は、婚約者の来栖様と仰っています。電話が繋がらないから、直接来られたと……」

今日の悠太は、朝からオンラインで各地の田崎の社員とミーティングをしている。電話が繋がらないのは当然のことだ。

「専務に確認いたしますので、お待ちいただけますか」

「わかりました」

まだミーティング中だと、内線を鳴らすと邪魔になってしまう。専務室の扉を軽くノックした。

「どうぞ、ちょうどミーティングが終わったところだ」

「失礼します」

「どうした？」

「専務に来客です」

「えっ？　誰だ？」

「来栖様です」

「……ああ、今はどこにいるんだ？」

「受付です」

「わかった」

続けて指示があるかと思って待っていると、悠太がデスクの上の受話器を取って、自分で内線を掛けている。

「田崎だ。来栖さんに代わってもらえるか？」

あちらの声は聞こえないが、今日は一日忙しいから退社後に連絡すると伝えていた。伝えるというよりは、言い聞かせているように感じる。なんとか、そのままお引き取りいただけたようだ。

「はあ」

安堵なのか、よくわからない溜息を吐き出している姿を見ていると、パーティーでの悠太は嘘のようだ。仲睦まじい様子は演技だったのだろうか。次のミーティングまでは時間があり、このチャンスを逃すまいとさくらから話しかけた。

「専務、この度はご婚約おめでとうございます」

「ああ。ありがとう。彼女、来栖食品《くるすしょくひん》のご令嬢なんだ。副社長になるには、彼女と結婚するのが確実だし、見た目も可愛いからラッキーだったよ」

「……」

これが元カノに告げる言葉だろうか。その無神経さに思わず驚いてしまった。

「あっ、さくらとは会える日が減ってしまうのが申し訳ない」

「……はあ!?」

今、なんて言った？　会う日が減る？　まさかこれからも会うつもりだろうか？　混乱し過ぎてわからなくなる。

「何を驚いているんだ？」

「専務は何を仰っているのでしょうか？　ご結婚されるんですよね？」

「ああ」

「では、私達の関係はこれで終わりですよね？」

「えっ？　何でだ？」

目の前の人物は、本当に今まで彼氏だった男だろうか？　これまでこんな非常識な男と付き合っていたなんて自分が情けなくなった。

「何でも何も、私は浮気相手になるつもりはありません。異動があるなら受け入れるつもりでしたが、ただ今を持ちまして退職させていただきます」

そう言って、準備していた退職届を悠太に突きつけた。

「さくら！」

部屋を出る際、悠太が何か言っていたがもう未練はない。さくらは振り返らずに会社を後にした。

三年間も恋していたはずが、一瞬にして冷めてしまうこともあるのか……

恋愛経験がほとんどなく、今までは悠太が理想の彼氏だと思っていた。恋は盲目とはよく言ったものだ。まさか、あんな奴だったなんて思いもしなかった……

会社を辞めたことに後悔はない。むしろ、こんなこともあろうかと、退職届を準備していた自分を褒めたいくらいだ。

通勤用の鞄だけを持って、会社から出てきた。後の荷物は勝手に処分したらいい。

無職になってしまったが、何もかもスッキリとして清々しい気持ちだ。

エントランスを出て振り返り、改めてオフィスビルを見上げたが、今までプライドを持って働いていたはずのビルがくすんで見える。

一度、都会から離れるのもいいのかもしれない。今はパソコンさえあれば、どこでも仕事ができるのだ。

そういえば、昔はカフェを開くのが夢だったな――

自宅に帰り着く頃には、すでに東京を離れる決心がついていた。身の回りの物をスーツケースに詰め込み、部屋を片付ける。

翌日には、必要な物を詰めたスーツケースと貴重品だけを持って、飛行機に乗り込んでいた。

＊＊＊

東京から約二時間半。さくらは青い海と白い砂浜の広がる暖かい地、沖縄へやって来た。

スマホには、何度か悠太からの着信が入った。秘書が突然辞めて困ったからなのか、さくらに未練があるからなのかはわからないが、飛行機に乗る前にスマホは解約したので真相は不明だ。何もかもリセットして、一から始めようと思っている。沖縄の中心街から離れたリゾート地のホテルに滞在して、今後のことをゆっくりと考えるつもりだ。まずは、今まで仕事を頑張ってきた自分を労ってあげたい。

リムジンバスに乗り、車窓から見える長閑な景色に癒やされて、ホテルへと到着した。チェックインをして、辺りを散策する。まるで異国の地に来たような、のんびりした時間が流れている。

この地に住み着くのもありかもしれない。すでに気持ちは都会から離れていた。

そして、夕食に立ち寄った『ちゅらかーぎー彩《あや》』という名の沖縄料理店で、今後のさくらの人生に大きな影響を与える出会いがあった。

「めんそーれ」

「こんばんは」

「あら、初めて見る顔ね」

「はい。一人なんですが……」

「大歓迎よ。おしゃべりするのが嫌じゃなければ、カウンターに座って」

お店を経営しているのは、さくらと同年代のショートカットが似合う女性だ。

ドリンクと料理を何品か注文して、カウンターの中で調理する女性と会話をする。

「一人旅？」

「はい。少しのんびりしようと思いまして」

「いいと思うわよ」

きっと女性には訳ありだと見抜かれただろう。

「名前を聞いてもいい？」

「さくらです」

「さくらちゃんね。私は彩葉《あやは》よ」

「あっ、お店の名前の」

「そうそう。みんなからは彩姉《あやねえ》って呼ばれてるの」

「そう叫びたくなるのもわかる気がします」

「そう？」

「はい」

先日までは悠太との関係もあり、常に気を張って生活していたので、さくらには社内に心を許せる人がいなかった。時々連絡を取り合う学生時代からの友達はいるが、秘書課に異動してからは、社内の人との交流がなくなってしまったのだ。入社当時は同期と仕事帰りに食事へ行くこともあったが、異動してからは一度もない。

限られた人との交流しかない部署で、仕事でもプライベートでも悠太中心の生活をしていたら、悠太しか見えなくなってしまうのも致し方ない。

怜との出会いで、これまでの洗脳のような状態が解かれたと言っても過言ではなかった。

彩葉との会話は楽しく、時間が経つのも忘れてしまう。お店には、彩葉を慕って食事に来る客が後を絶たない。さくらは、沖縄に来て最初に出会ったのが彩葉だったことに感謝した。

「いつまで沖縄にいる予定？　まだ決めてないの？」

「はい。もうこの数時間で、すでにここに住みたいと思っています」

聞き上手な彩葉には、つい何でも正直に話してしまう。

「そうなの？　のんびりして本当に沖縄に住むって決めたら、いつでも相談してね。この辺りには顔が利くから」

「いいんですか？　それは心強いです」

「そうそう。困ったら何でも彩姉に相談だよ」

近くの席で話が聞こえていた常連のお客さんからも、同意の声があがる。

初日から、素敵な出会いがあったことに感謝だ。

その後もホテルに滞在しながら、さくらは毎晩のように彩葉の店へ通い、常連客とも仲良く打ち解けていった。


沖縄に来て一週間ほど経った頃、さくらの決意が固まった。

「さくらちゃん、これからどうするか決まったの？」

「はい。暫くこの辺りに住みたいと思っているんですが、住むところとかってあるんですかね？」

「中心街からは離れているけど、この辺りでいいの？」

「はい。むしろ彩姉の近くにいたいです」

さくらもすっかり彩葉に懐いている。

「この店は私の祖母から引き継いだって、以前話したわよね？」

「はい」

「この店の裏に、小さなハイツがあるのはわかる？」

「はい。可愛らしい建物ですよね」

「あれもおばあから継いで、今は私が管理してるの」

「えっ、そうなんですか？」

「私もそこに住んでるし、今は女性専用の住まいにしてるの。ちょうど一つ空きがあるから、良かったらさくらちゃんもそこに住まない？」

「いいんですか？」

「もちろん。でも、今までの住まいはどうするつもりなの？　まだ借りたままよね？」

「残りの荷物は少ないので、管理会社に連絡して処分と解約をお願いするつもりです」

「じゃあ、明日にでも部屋に案内するわね」

さくらは本格的にこの地に住むことに決めた。実はすでに仕事も見つけている。求人サイトで在宅勤務可の翻訳の仕事を探して、見事採用されたのだ。

英語が堪能なさくらは、今までも何度か翻訳の仕事をしたことがあり、実績実力共に申し分ないと判断された。

翌日、早速見せてもらった部屋は、今まで一人暮らしをしていた部屋よりも広くて綺麗なのに、家賃は東京の半分以下だった。都会の物価は高いと改めて思う。家具や家電も、以前住んでいた人が置いていった物はそのまま使える。最小限の出費で済みそうだった。

管理会社に連絡を入れて、今月の家賃と処分費用を引き落としてもらうことで話をつけた。

沖縄に来て一ヶ月ほど経った頃には生活基盤ができあがり、どん底だったさくらはもうどこにもいなかった。

けれど、何もかも順調だったさくらに、思わぬ出来事が待っていた……

## 第二章　すれ違いの時間

ホテルに一人置き去りにされた現実が、陸斗の笑いと共に怜の心に重くのしかかる。

さくらを探しに行くと言いかけた怜に、陸斗が言葉を被せた。

「今はそんな時間はない。何時だと思ってる？　今から用意してすぐに空港へ向かうぞ」

「戻りたくない」

今まで仕事にも自分にも厳しく一切の妥協を許さない、『冷酷王子』と呼ばれている男が発した言葉とは思えない。

「早ければ、あと二週間で帰って来られるんだ」

「帰ってきたら、俺の邪魔をするなよ」

「仕事さえきちんとしてくれたら文句は言わない」

長年の付き合いだが、初めて怜が年相応の男に見える。いつも落ち着いていて淡々と仕事をこなす怜だが、どうやら一人の女性に執着しているようだ。

だが飛行機に乗り込むと、仕事モードに切り替えたのか、いつも以上に精力的に仕事を片付けている。今度は寝る間も惜しんで仕事をしている怜が心配になり、「どうした？」と尋ねると、驚きの返事が返ってきた。

「一分一秒でも早く、日本に帰ってさくらに会いたい」

「……」

驚き過ぎて言葉が出ないとはこのことだ。あの怜がここまで執着するさくらとはどんな女性なのかと、陸斗も興味が湧いてくる。

「どこで出会ったんだ？」

常に行動を共にしている陸斗には、当然の疑問だ。

「田崎のパーティー」

「えっ⁉　あっ、お前、俺に全てを押し付けて、早々に会場から姿を消したから何かあるとは思っていたけど、出会った日に部屋へ連れ込んだのか？」

「お前の言い方だと、まるで俺が遊び人のように聞こえて心外だな。さくらは俺の運命の相手だ」

「そのさくらちゃんは、どこの誰なんだ？」

「なんか、お前にさくらちゃんと言われると腹が立つな」

「何でだよ！　さくらちゃん以外、呼びようがないだろう」

怜が女性に執着する日が来るなんて、まだ信じられない。しかも、こんなに必死になる怜の姿を見られるなんて……

神楽坂グループの御曹司で端正な顔立ちの怜は、昔からとにかく周囲の目を惹く存在だった。世界各国から縁談の申し入れがあるが、今まで全て断ってきた。後継者のことを考えると、一生独身では困るが、怜が興味を示さないとどうにもならない。

「さくらという名前と、田崎の秘書だとしかわからない」

「えっ？　田崎って、この間婚約発表をした、あの田崎悠太？」

「ああ」

「秘書ってことは、月川さんのことか。お前、面食いだな」

「何でお前が、さくらのことを知ってるんだ？」

「そんな怒り口調で言われても。何度か田崎と仕事で会った時に連れて来てたんだよ。月川さんとも名刺交換をしたから。でも、何となくだが、田崎と付き合ってるんじゃないかと思ってたんだけど、違ったんだな。まさか婚約発表するとは思わなかった」

「……」

「どうした？」

「田崎と付き合っていたんだ」

「はあ!?」

「何も知らされずにパーティーに出席して、当日会場で自分の彼氏が婚約したことを知ったんだ」

「うわぁ、何だそれ。最低な男だな。でも相手があれだし、いい気味だな」

「ああ」

田崎は彼女のことを知らなかったようだが、来栖亜美は昔から怜やイケメン御曹司達を見つけては、追いかけ回していた。しかもライバルには裏で嫌がらせをする腹黒さで、常にトラブルを起こしていたのだ。怜も被害に遭った一人で、勝手に彼女だと言いふらされてつきまとわれ、迷惑を被った。

「で？　いくら美人でも、田崎の元カノを選ぶなんてお前らしくない」

「田崎は全く関係ない。一度、奴が秘書を連れている姿を見たことがあったが、その時は美人だなとは思ったけど興味はなかった。あのパーティーの日に会場でさくらを見つけて、気になって後を追いかけた。やけ酒しているさくらに自分から声をかけた時点で、俺は彼女に落ちてたんだな」

「ほー、お前にそんなことを言わせるなんて……」

陸斗は怜の選んだ相手が、田崎の元カノということに多少引っ掛かったが、すでに田崎は亜美と婚約している。怜自身がその事実を受け入れていれば、問題はないだろう。

親友としては、純粋に応援したい。

早く帰国したい怜の気持ちを尊重し、必死で仕事を片付けていく。

ところが仕事を終えて帰国した怜を、驚くべき現実が待っていた――

飛行機が空港に着陸した辺りから、怜が珍しくそわそわしている。理由がわかる陸斗は楽しくて仕方ない。

空港には神楽坂の迎えの車を待たせている。

「お帰りなさいませ」

運転手がスーツケースを受け取ってトランクに積み込んでいる間に、怜が後部座席に乗り込んだ。

陸斗はいつも通り助手席へ乗り込む。

「行き先は、本社でよろしいですか？」

「いや……」

怜は運転手の言葉を否定するものの、なぜか行き先を言わない。

「中村さん、田崎に向かってもらえますか？」

「畏《かしこ》まりました」

「……」

陸斗には怜の気持ちはお見通しだ。

パーティー以来の日本だが、怜はもう何年ぶりかと思うほど長く感じている。それほどまでに、焦れったく待ち遠しかったのだ。

車は田崎ホールディングス本社のエントランスに停まった。陸斗が先に降りて後部座席の扉を開ける。その場にいた田崎の社員達が、見慣れない高級車に視線を向けた。

そこに怜が降り立つと、ざわめきが起こった。神楽坂グループの社長が出向いて来ることは、今まで一度もなかったのだ。

しかも若くてイケメンなだけでなく、オーラが凄まじい。

「きゃあ……」

怜が通るだけで周囲の女性達から黄色い声が上がる。

「行きましょう」

二人は脇目も振らずに受付へ向かった。受付の女性達も二人に見惚れてぼ〜っとしている。

「すみません」

「あっ、はい。いらっしゃいませ」

「神楽坂の辻です」

「辻様、お伺いしております。こちらをどうぞ」

受付をして入館用のパスをもらっている陸斗に、怜が驚きの声を上げた。

「何を驚いてる？　行くぞ」

何度か来たことのある陸斗は案内を断り、エレベーターへ向かう。怜には今のこの状況がいまいち理解できていないのだ。

周囲の目を気にして黙っていた怜も、エレベーターに乗った途端に陸斗に詰め寄る。

「どうなってる？」

「いくらグループの代表とはいえ、突然来たら相手が困る。アポを取るのが当然だろ？」

「……確かに」

「しかも彼女が社内にいるかもわからない。それでも帰国した足でお前はそのままここに来るだろうと思って、アポを入れておいたんだ。わかったか？」

「ああ」

怜は、すでにさくらとの再会を思い浮かべて浮足立っていた。アポを取るという初歩的なことでさえ、頭からすっぽりと抜け落ちていたのだ。陸斗がいてくれて良かった。

ぐんぐんと上昇するエレベーターに合わせるかのように、怜の期待も増していく。

エレベーターが最上階に着いて扉が開いた。そこには……

思わず怜と陸斗は顔を見合わせる。

「いらっしゃいませ」

「何で、お前がここにいる？」

「亜美に会えて嬉しいでしょう？　神楽坂先輩」

そこには田崎の婚約者の亜美がいたのだ。亜美の言葉を聞いた瞬間、ピキッと音が聞こえそうなくらいに、怜の眉間にシワが寄る。

「来栖さん、案内していただけますか？」

このままではマズイと思って陸斗が口を挟んだ。

「はい……」

客に取る態度とは思えない、不貞腐れた失礼な返事をする。チヤホヤされたい亜美は、怜の冷たい口調ですぐに無駄だと悟ったようだ。

亜美がここにいる時点で嫌な予感しかない。怜からは一気にピリピリしたオーラが発せられた。

「どうぞ」

「……」

怜に相手にされないとわかると、亜美は態度を一変させた。客に応対するには向いていないその態度に、険悪な空気が流れる。そして案内されて入った秘書室が更に酷かった。

以前、陸斗がここを訪れた時は綺麗に整えられて清潔だったが、今は泥棒でも入ったかのような有様だ。これなら、普通は応接室に案内するべきだろう。田崎ホールディングスで、一体何が起こっているのだろうか。

亜美が専務室の扉をノックして声をかけた。

「悠太、お客様だよ」

「「……」」

婚約者とはいえ、客の前で平気で名前を呼び捨てにする常識のなさに驚く。

「えっ、あっ、はい」

悠太は今日の来客が誰かを思い出し、慌てて扉を開けた。この様子からして、受付からの来客到着の連絡も亜美で止まっていたことが予想できる。

「神楽坂社長……！」

「これはどういう状況だ？」

グループの社長として、傘下の会社の不穏な空気には黙っていられない。

「すみません。色々ありまして……」

逸《はや》る気持ちを一旦落ち着かせて、詳しく話を聞くしかない。怜がここへ来た一番の目的である、さくらの姿が見られないのも気になった。

悠太がバタバタしている理由は、間もなく迫った副社長就任のためでないことは一目瞭然だった。

勧められたソファに怜と陸斗は腰を掛けて、悠太からの説明を待っている。

「で？　これはどういう状況だ？」

「はい……。それが、秘書が突然辞めてしまいまして……」

「何だと？」

秘書が辞めて困っていることを伝えたつもりだったが、怜が突然怒りを含んだ声を上げた。悠太には、その理由がわからずに戸惑ってしまう。

「怜、落ち着け。最後まで聞こう。田崎専務、あなたの秘書が辞めたのはいつですか？」

「えっ、はあ。先日のパーティー後の週明けです」

「そうですか。でも、私の知る月川さんは、無責任に仕事を辞める方ではないと思いますが」

「……」

「何があったんだ？」

「今は俺が彼と話してる。怜は黙ってろ」

陸斗が抑えていないと、今にも殴りかかりそうだ。

怜が言葉を発するたびに、部屋の空気が冷えていく。

「僕が結婚することが、気に入らなかったんですかね……」

「はあ？　それくらいでは、突然無責任に仕事を投げ出さないだろう！　お前、なんて言ったのか正直に言ってみろ」

怜の怒りは止まりそうにない。陸斗も目の前の男を庇う気はなくなった。

「実は、彼女とは付き合っていたんです。ですが今回見合いの話が来て、条件が良かったので結婚することに決めました。だから彼女には、今までよりも会う回数が減ってしまうと話したんです」

「「……」」

すでに怜の怒りは最高潮に達していたが、陸斗がなんとか最後まで話を聞くように制した。

「そこで彼女が急に怒り出して、浮気相手になるつもりはないと、退職届を叩きつけられました。引き継ぎもしないで、そのまま会社に来なくなって……。そんな無責任な女だとは、思いもしなかった」

この言葉を聞いた瞬間、怜が陸斗の制止を振り切り、悠太は胸ぐらを掴まれて思いっきり殴られていた。大きな音と共に悠太が床に倒れ込む。一発では足りないとばかりに、更に殴りかかろうとする怜を陸斗が必死で止めた。

「怜、止めとけ。こいつを殴るだけ無駄だ。こんな腐った奴を相手にするな」

「悠太どうしたの？　大丈夫？」

その音を聞いた亜美が、ノックもなしに入ってくる。

「無責任だと？　お前みたいな常識の欠落している男には、腹黒女がお似合いだ。今後一切さくらに関わるなよ。さくらに何かあったら田崎ホールディングスはおしまいだ」

「さくら？　なぜ神楽坂社長がその名前を？」

「お前に教える義理はない！」

悠太は怜の発する言葉に身震いした。冗談ではなく、怜なら田崎ホールディングスを簡単に潰せるだろう。そうしてはいけない人を敵に回してしまった。自分の選択が間違っていたと気づいても、もう遅かった。

怜は冷酷な笑みを残して、田崎ホールディングスを後にする。

怒り冷めやらぬまま、待っていた神楽坂の車に乗り込んだ。しかし、これからどうしたらいいのか見当もつかない。

「怜、どうする？　お前のその様子だと、彼女と連絡先も交換していないよな？」

「ああ」

「住まいだけでもわかったら……。俺が調べてみるから一旦待ってくれ。ただ、今は個人情報には厳しいから、時間が掛かるかもしれない」

「頼む」

必死に仕事を終わらせて帰国した怜を待ち受けていた辛い現実。陸斗まで切なくなった。しかもパーティー後の話を聞いて、当日だけでもショックだったさくらへの田崎の言葉に、怜が思わず手を出したのも頷ける。

月川さくらは今、どこにいるのだろうか……

そして陸斗がさくらの住まいを見つけた頃には、彼女は本当に消えてしまっていた。

さくらの住んでいたマンションは解約されていた。不動産会社がたまたま神楽坂グループの子会社で、担当者に話を聞くと、電話で荷物の処分と解約の連絡があったそうだ。

これでついに、全ての手掛かりがなくなってしまった――

＊＊＊

沖縄へ来て彩葉と出会い、生活をこの地に移して約一ヶ月が経った。

昼間は翻訳の仕事をし、夜は彩葉の店の人手が足りない時には手伝いをしている。手伝いをしていない日も、店で夕飯を食べて常連客と楽しく過ごす日々。

彩葉だけでなく、さくら目当てに来てくれるお客さんがたくさんいるのだ。

「いらっしゃいませ」

「今日は、さくらちゃんが手伝ってる日か。来て良かった」

「何？　私だけじゃ不満なの？」

「そんなことは言ってないだろう」

こんな会話が、ここでは日常茶飯事で繰り広げられている。

お客さんは、地元の常連客と周辺のリゾートホテルの宿泊客が半々くらいで、いつも店は賑わっているのだ。

彩葉の祖母のレシピを受け継いで作られた料理は、美味しくてついつい食べ過ぎてしまう。

自分は太らない体質だと思っていたさくらだが、以前よりも食べる量が増えて、少しウエスト周りが大きくなった気がしている。このままでは太ってしまいそうだ。

体重増加を気にしていたさくらだが、今度は突然食べられなくなった。ずっと、胃のあたりがムカムカしているのだ。

「さくらちゃん、最近顔色が悪くない？　体調悪いの？」

心配をかけまいと数日黙っていたが、とうとう気づかれてしまった。

「実は、数日前から胃のあたりがムカムカして……」

「何か思い当たることはないの？」

「はい……。特にアレルギーもありませんし」

「無理はしないようにね。何かあったら遠慮せずに言うのよ」

「はい」

不思議と彩葉には素直になれる。その後もさくらの体調は悪くなる一方で、何か口に入れた途端にトイレへ駆け込み、嘔吐してしまう。

そしてここ数日は、彩葉の店に行くことままならず寝込んでしまった。

「さくらちゃん、大丈夫？」

彩葉が心配して様子を見に来てくれた。

「吐き気がなかなか治まらなくて……」

「熱は？」

「ないです」

「他に症状は？」

「それが、全くなくて」

「ねえ、さくらちゃん。生理は順調に来てる？」

「えっ⁉」

「彼氏だと思っていた人に裏切られた話は聞いてるけど、最近まで彼氏がいたんだし、避妊しても絶対に妊娠しないとは限らないわよ？」

「……」

彩葉に、沖縄へ来た理由である悠太の話はしていた。だが、もし万が一妊娠しているとしたら、悠太の子ではない。悠太との行為は最後の生理の前だとハッキリしている。可能性があるとするなら、パーティーの日の王子だけだ。避妊はしていたが最後までは記憶がない。しかも、思い返せばちょうど排卵日あたりだった気がするのだ。

「何か心当たりがあるようね？」

「はい……」

「話は後で聞くわ。まずは検査薬を買ってくるわね」

「えっ……」

「病院へ行く前に調べましょう。妊娠もしていないのに今の症状なら、それはそれで心配じゃない」

「はい。……ありがとうございます」

出会って一ケ月ほどのさくらに親身になってくれる彩葉には、感謝しかない。

彩葉はすぐにドラッグストアまで買いに行ってくれた。

「初めて買うから、何種類かあって迷っちゃった」

「私も初めて見ました」

「だよね」

彩葉が、さくらの緊張をほぐそうとしているのが伝わってくる。

「どんな結果でも、さくらちゃんがどんな道を選んでも、私は全力で応援するからね。どんと構えて検査しなさい」

「彩姉……」

彩葉の心強い言葉に、さくらの顔から不安な表情が消えた。買ってきてもらった検査薬を手にトイレに入る。

数分後……

さくらが検査薬を手にトイレから出てきた。青白かった顔色がほんのりとピンクに色づいて、何も聞かなくてもその表情から結果と決断が伝わってくる。

「さくらちゃん、おめでとう」

「ありがとうございます」

さくらは一瞬目を見開いて驚いたが、その表情はすぐに母性溢《あふ》れる笑顔へと変わり、幸せで満ち溢《あふ》れている。

そして彩葉にはパーティーの夜の出来事を正直に話した。

「えっ、じゃあ、その王子がどこの誰だかわからないの？」

「はい」

「しかも、そのままホテルに置き去りにするなんて、さくらちゃんやるわね」

「置き去りって。そんなつもりはありませんから。あれ以上一緒にいたら、そのまま依存してしまいそうなくらい、とても素敵な男性だったんです」

「そんなパーフェクトな男性なら、いつか私も会ってみたいわ」

「怜さんには本当に感謝しているんです。あの夜、彼に出会わなければ、前へ進めずに今でも泣いて過ごしていたと思うんです」

「運命の相手ね。会いたいと思わないの？」

「ん〜。正直、いつかは会ってお礼を言いたい気はします。赤ちゃんを授かったことは驚きましたが、私自身が家族に恵まれなかったこともあって、いつかは子供が欲しい、家族が欲しいと思っていたんです。その相手は悠太だと思っていたんですが、最悪の形で裏切られてしまって。でも、どん底の時に彼に出会って助けてもらって、こうして最高のプレゼントまでもらいましたから、もう充分です」

「いい顔をしてるわ。さくらちゃんの決めたことなら、私は全力で応援するわよ。お腹の子は、このみんなで大切に育てましょう。さくらちゃんと王子に縁があれば、いつかどこかで再会するかもしれないしね」

「でも、もし再会することがあっても彼には彼の人生があるでしょうし、この子のことは言わないつもりです」

「さくらちゃんがそれでいいなら、私は何も言わない。ただ、赤ちゃんはいっぱい可愛がるわよ〜」

「本当に、彩姉に出会えて良かった」

涙を流しながら彩葉に抱きつく。

さくらの生い立ちは複雑だった。父は会社を経営していて裕福な家庭で育ったが、幼い頃から厳しく躾けられ、毎日習い事の日々だった。父も母も忙しく、どこかに行った記憶もなければ、何もかも家政婦任せで食卓を共にする機会も少なく、愛情には恵まれなかった。

ただ、習い事をたくさんしていたことは、今でも役に立っているので感謝している。

けれど、そんな裕福な生活も中学までだった。高校へ上がる頃には父の会社が傾き、父と母は離婚した。両親のどちらにも別のパートナーがいたようで、さくらが引き取られることはなく、高校生にして一人暮らしを始める。高校と大学の学費と多少の生活費をもらい、見捨てられたも同然な状態になったのだ。

中学までは、親の見栄のためなのか、私立の一貫校に通っていた。一流の家庭の子供が多かったが、さくらに合わなかった。高校進学と親元を離れたことを機に、地元の公立高校へ通うことになる。公立の高校には様々な家庭環境の子がいて、自分が今まで金銭面では何不自由なく育ったことには感謝したが、その代わりに温かい家庭はなかったと痛感することもあった……

そして勉強にアルバイトにと、忙しい学生生活を過ごし、田崎ホールディングスに就職した。

いつも心の中にあったのは、自分が親になる時が来たら、愛情いっぱいに子供を育てたいという想いだった。

今回は思いがけない妊娠だが、さくらの中にはもう母性が芽生えていて、産まないという選択肢はなかった。

この土地で、この子を幸せに育ててみせる。

翌日、彩葉に教えてもらった産婦人科を受診して、妊娠二ヶ月だと告げられた。心拍も確認できて、役所で母子手帳をもらい、母親になったことを改めて実感する。

妊娠初期で、無理はしないようにと注意された。彩葉にも、つわりが落ち着いて安定期に入るまで店の手伝いを禁止される。そして安定期に入るまでは周囲には知らせないことに決めたのだ。

彩葉に助けられて、妊娠初期の辛いつわりを無事に乗り切った。

細身のさくらのお腹がふっくらとしてきて、常連客も変化に気づき始める。密かにさくらに憧れていた男性陣が、涙を流したのは言うまでもない。


安産祈願も出産準備の買い物も、彩葉が一緒に行ってくれた。さくらにとって、彩葉はもはや姉であり、第二の母のような存在だ。彼女なくして今のさくらの安定した生活はあり得なかった。

予定日を迎える頃には、はちきれんばかりのお腹になり、どこへ行くにも彩葉が付き添ってくれた。

予定日を三日ほど過ぎた朝方、急に締めつけられるような痛みが来た。少しすると収まり、また始まる。陣痛が起きているのかもしれないが、初産のさくらには、どの程度の痛みになったら本格的な陣痛なのかわからない。十分間隔になれば連絡を入れることになっているが、十分以上だったり、短かったりと判断が難しいのだ。

痛みが来たらいつでも連絡するように彩葉から言われていたので、痛みが引いたタイミングで連絡を入れる。

「もしもし。さくらちゃん、どうしたの？」

寝起きの掠《かす》れた声だが、すぐに出てくれた。

「朝早くにごめんなさい。さっきから痛みが来ていて」

「わかった。すぐに行くわ」

詳しく聞かずに駆けつけてくれる。

「大丈夫？」

電話から数分、急いで着替えただけの状態で彩葉が来てくれた。

「定期的に痛みが……。イタタタタッ」

「連絡するわね」

看護師の指示を受けて、二人は彩葉の運転ですぐに向かう。

「イタッ、イタタタタッ」

痛みに苦しむさくらを乗せた車は、やっと病院に着いた。この時には痛みの間隔が五分を切っていたのだ。連絡を受けた看護師が車椅子を用意して入口で待っている。

「月川さくらさんで、間違いないですね」

「はい……」

「どうですか？　歩けそうですか？」

「痛みが五分間隔くらいで来ていて、最初の頃よりかなり強くて……痛みが少し引いてもまだ痛いです」

「かなり進んでいるのかもしれないですね。車椅子に座って下さい」

看護師に連れられて分娩室へ向かう。初産だからもっと時間が掛かるだろうと思っていたが、病院に着いた頃には子宮口が七センチまで開いていたのだ。そこからは、あっという間の出産だった。

「おめでとうございます。元気な男の子ですよ」

「ありがとうございます……」

出産の痛みに耐えて、さくらは喜びよりも疲労困憊だった。出産まで性別を聞かずにいたので、生まれてから男の子だと知らされた。きっと怜に似てイケメンになるに違いない。

名前を『桂《けい》』と名づけた。

母子二人の新たな生活が、ここから始まることになった――

田崎ホールディングスの創立記念パーティーでさくらに一目惚れをし、一夜を共にして、帰国したら彼女とこれからのことを話し合おうと思っていた。

ところが現実は仕事を辞めて住まいも解約されていて、行方がわからない。怜は途方に暮れた。

「これからどうする？」

陸斗に聞かれても、怜の答えは一つしかない。

「一生掛かっても、さくらを探し出す。諦めるなんてあり得ない」

「……そんな簡単に見つかるとは思えないけど」

「誰に何と言われようが、俺の相手はさくらしかいない」

「連絡先すら交換してないなんて、そんな失態は怜にしては珍しいな」

「あの時さくらは酔っていたし、部屋に入ったらそんな余裕はなくなった。翌朝交換するつもりだったんだ」

ここまで言わせる相手なのだ。これからどんな縁談が来ても、どんな女性が近寄ってきても、怜は取りつく島もないだろう。

「興信所でも使って調べるか？」

「いや、さくらとは必ず再会できると信じている」

怜から強い意思を感じて、陸斗は見守ることにした。

「田崎の方はどうするんだ？」

「暫くは放っとけ。今は父親が仕切っているからいいが、あいつの代になったらダメだろう。その時が来たらうちとは縁を切ればいい。ただ切るにもそれなりの理由がいる。監視はしっかりとしといてくれ」

「ああ。しかし、あいつらだけ結婚してもいいのか？」

「アホとクソ女だろう？　どうせ上手く行く訳がない。奴もすぐに腹黒女の正体に気づいて後悔するさ。一度さくらを選んだことは褒めてやるが、最終的に選んだのはあれだぞ」

＊＊＊

さくらがいなくなってから、二年の年月が経った。

その後、悠太は予定通り副社長に就任し、半年後に来栖亜美と結婚式を挙げた。だが怜の予想通り、そこから悠太は転落の一途を辿っている。

さくらの抜けた穴を補うために、悠太の秘書として本格的に働き始めた亜美は、結婚後もそのまま田崎に居座り続け、副社長夫人として周囲に威張り散らしているのだ。本来ならば悠太の父である社長が気づいて注意するところだが、タイミング悪く身体を壊してしまい、現在は副社長の悠太が田崎の指揮を取っている状態だ。

仕事が忙しい悠太と、悠太の目の届かないところで威張り散らしては贅沢三昧の生活を送る亜美。田崎の業績は右肩下がりで、とどまるところを知らない。

そこに亜美が嫌で辞めていく社員が続出した。最初はその理由がわからなかった悠太だが、あまりにも退職者が続くために不審に思って調べると、自分の妻が原因だと知って愕然とした。

この時になって、やっと悠太は亜美の本当の姿を知ったのだった。

神楽坂グループからは傘下としての契約を解除され、田崎ホールディングスの行く末は見えていた。後悔しても、気づいた時にはもう手遅れだった。

さくらが悠太に裏切られた恨みを晴らした訳ではないが、田崎ホールディングスは傾き、結果的に夫婦は離婚する。金の切れ目が縁の切れ目とは、よく言ったものだ。

田崎ホールディングスが傘下から外れようと、神楽坂グループには何の影響もない。それどころか、ろくでもない男がトップに立つ会社と縁を切れてある意味プラスになったのだ。

神楽坂グループは順調で、二年前に怜を中心に動いていた海外事業は一区切りがつき、今は沖縄に新たな一大リゾート施設を計画中だ。

怜も近々、沖縄への視察を控えていた。

神楽坂グループのリゾート施設は沖縄本島の北部に計画しているが、今回は本島全土にあるリゾート地を入念に回り、他との差別化を図るための視察を行う。

空港からは少し離れている地へ足を運んでもらうための企画案が上がってくるが、今までのリゾート地と変わり映えがせず、画期的なアイデアがないのが現状だ。

「怜、沖縄には一ヶ月ほど滞在の予定だ」

「それで、何か得るものがあればいいが」

「そろそろ動き出さないと、土地を寝かせているだけでマイナスになる」

そう、すでに広大な土地を購入済みなのだ。

神楽坂グループのリゾート開発チームも沖縄に滞在中だが、今回、怜と陸斗はチームのメンバーとは別行動を取っている。

ファーストクラスでの飛行機移動は快適だが、怜にお近づきになりたいキャビンアテンダントが次から次へとやって来て、気が休まらない。事前に最低限のサービスでと伝えていても、隙を見つけてはやって来るのだ。

海外に比べると飛行時間は短いが、海外へ行く時には、神楽坂のプライベートジェットを飛ばすため、こんな悩みは起こらない。

怜の意識はすでに沖縄に向いている。今回のリゾート開発では、国内と海外からの観光客をバランス良く取り込みたい。

沖縄の有名な観光地である水族館に近い神楽坂のリゾートに長期滞在し、既存の観光地とリゾート内に新たに建設する施設の両方を楽しんでもらいたいと考えている。

プールやゴルフ場、テニスコートなど、定番の施設はすでに建設する方向で決まっているのだ。

「怜、着くぞ」

「ああ」

飛行機は那覇空港の上空まで来ていた。窓の外にはキラキラと輝く青い海と、沖縄の地が見えている。

この地で、新たな歯車が動き出そうとしていた。


今回、空港から現地までの移動は、レンタカーを借りて陸斗が運転する。

空港を出ると、レンタカー会社の人が待っていた。

「めんそーれ。神楽坂様、お待ちしておりました」

「ああ」

目の前には白の高級外車が用意されている。陸斗が鍵を受け取り、後部座席の扉を開けた。

「今回は、沖縄へ観光に来た客の目線で視察するから、助手席に乗る」

「えっ、ああ」

助手席に怜が乗るのは、いつ以来だろうか。今回は親友と、沖縄旅行に来た観光客目線で視察するのが目的だと改めて気づいた。

「行ってらっしゃいませ」

レンタカー会社の人に見送られて、車は那覇空港を出発する。

まずは、南部から那覇市内を一週間かけて回る予定だ。沖縄にも神楽坂系列のホテルはあるが、今回はあえて他社のホテルに泊まる。しかも陸斗の名前で予約を入れているので、怜が来ることは関係者には知られていないはずだ。

助手席から海を眺めている怜の頭の中に、なぜかさくらの姿が浮かんでずっと頭から離れない。普段から時折思い出すが、仕事中は極力考えないようにしていた。何か、沖縄の地にあるのだろうか……

「どうした？」

秘書であり相棒であり、親友の陸斗は、怜の少しの変化も見逃さない。

「ああ、なぜかさくらのことが浮かんで頭から離れない」

「仕事中に珍しいな。沖縄に来てリラックスしたからか？」

「わからない」

「それにしても、どうしているんだろうな……」

あのパーティーの日から二年の年月が経ち、今や田崎ホールディングスは倒産寸前だ。さくらは笑顔でいるだろうか。

視察の間も、怜の頭の中はさくらのことで埋め尽くされていた。

あえて観光客風に見せかけて目立たないように回っているにもかかわらず、どこへ行っても女性に声を掛けられて嫌気が差してくる。

「あの～お二人ですか？　一緒に回りませんか？」

「すみません。我々は仕事で来ていますので」

女性と陸斗のやり取りも、もう何度目になるだろうか。それは宿泊先のホテルでも同じで、女性に声を掛けられるか、神楽坂の社長だと気づいたホテルの支配人から挨拶されるか、そのどちらかが続いていた。

今のところ画期的なアイデアは浮かんでいない。それは別で滞在しているチームメンバーも同じ状況だった。

次の一週間は、中部から西海岸リゾートと言われる観光客に人気の地域を回る予定だ。

面倒だが、毎日違うホテルを転々としている。観覧車のある地域の側のホテルは、沖縄の雰囲気を最大限に引き出し、海と南国リゾートを存分に感じることができた。

「どうだ？」

「ああ。リゾート感は参考になるが、もうすでにあるものを真似ても仕方ないだろう？」

「南国の雰囲気と食事と施設。すでに、どこのホテルもある程度は充実しているな」

西海岸へと向かって車を走らせる。怜は何を考えているのか、無言で外を見つめていた。

「さくら⁉」

静かな車内に、突然、怜の叫び声が響く。

「えっ⁉　ええっ⁉」

「止めろ！」

「はあ？　待て、すぐには無理だ」

陸斗は慌てて車を路肩に寄せて停車させ、数台の車をやり過ごしてUターンさせる。

先程、怜が叫んだ辺りまで戻って車を停めた。

怜が車から飛び出して周辺を探しているが、さくらの姿は見当たらない。

この辺りはリゾートホテルが点在し、観光客が立ち寄りそうなお店も多い人気のスポットだ。

「見間違いじゃないのか？」

「絶対にさくらだった」

「観光に来てるのかな？」

「わからない」

「今日宿泊するホテルがこの先だから、チェックインをしてからこの辺りを探そう」

「ああ」

怜の必死な様子から、陸斗は見間違いだとは思えなかった。間違いでもいい。何もしなければ後悔するると思ったのだ。沖縄に到着してから、怜がたびたびさくらの名前を口にするので、何かあるのではないかと思っていた。

この辺りでは、有名なホテルにチェックインする。やはり怜の姿を見て、慌てるホテルのフロント。すぐに支配人が姿を現した。

「神楽坂様、本日はご利用いただきありがとうございます」

仰々しく頭を下げる。居合わせた観光客達は、目立つイケメンに年配の支配人が深々と頭を下げている姿に、何事かと注目をして見ている。

「支配人、目立つので」

陸斗が慌てて止めに入る。

「すみません」

「お伺いしたいのですが、この辺りで地元の人や観光客がよく行くお店があれば、教えてもらえませんか？」

「はい」

支配人が周辺の地図を広げて、何店舗かに印を打った。

「ありがとうございます」

「とんでもないことです。この辺りのことを詳しく知りたいのでしたら『ちゅらかーぎー彩』というお店に行かれてみてはいかがでしょうか？　うちの従業員もよく行っていますが、いつも賑わっているようです」

普段なら賑わっている店は避けるところだが、支配人が太鼓判を押した店は先程さくらを見かけた辺りにある。

二人は荷物を置いて部屋を出た。沖縄に着いてからは、スーツではなくラフな格好をしていて、足元も革靴ではない。

「陸斗、歩かないか？」

「珍しいな。車だとすぐだが、歩くと十五分くらい掛かるぞ」

「ああ。構わない」

今日、怜は無性に陸斗と飲みたくなった。沖縄に来てからずっと運転している陸斗は、ホテル以外ではアルコールが飲めない。なぜか、今から行く店で陸斗と飲みたいと思ったのだ。

完全に視察のことを忘れて、店へと向かった。

道路の両側には南国の木が植えられていて、ここが沖縄だと実感する。

暫くすると、目的の店が見えて来た。店の規模の割には大きな駐車場が前と裏手にあって、裏の駐車場の奥に可愛らしい建物が見えている。

まだ夕食には早い時間なので、店の前に車は一台も止まっていない。

二人が店に入ると中から声が掛かった。

「めんそーれ」

さくらと同年代のショートカットが似合う元気な女性が出てきた。

「もう営業していますか？」

「……」

なぜか女性は、目を見開いたまま固まっている。怜と陸斗はよくある反応で気にもしなかったが、この時の彩葉は驚き過ぎて声が出なかったのだ。

「あの？」

陸斗の問い掛けに、慌てて返事をする。

「すみません。どうぞ。お二人ですね？　テーブル席にご案内します」

「いや、カウンターでもいいか？」

「「えっ!?」」

怜の言葉に、陸斗と彩葉の驚きの声が重なる。

「ダメなのか？」

「い、いえ。ど、どうぞ」

彩葉はとにかく焦っていた。どこの誰だかはわからない初めての客だが、超絶なイケメンで王子という言葉がしっくりくる。

しかも、しかもだ。さくらの息子の桂とよく似ているのだ。

この地に来て妊娠が発覚して誕生した桂は、一歳二ケ月になっている。この辺りでもすでにイケメンになると噂されるほどの、桂にそっくりな目の前の客に、嫌な予感しかしない。

桂が生まれてから、さくらが夜の店に顔を出すことはほとんどなくなったが、常連客達がさくらの話をしないとも限らない。

「ご注文はどうされますか？」

「ビール二つと、あと適当に」

普段なら注文は全て陸斗がするが、今日は怜が自分でしている。この店に来てから、陸斗にとっても驚きの連続だ。個室を好む怜がカウンターを希望し、自ら注文までするとは。

「どうぞ」

彩葉がビールを出し、おつまみを用意している間に、怜は店全体をゆっくりと見回していた。

「聞きたいことがある」

突然怜から発せられた言葉に、彩葉はビクッと反応した。それでもなんとか平静を装って答える。

「何でしょうか？」

「さっきこの近くで、知り合いを見掛けたんだ」

「はあ」

次の言葉を待ちながらも、嫌な予感が深まる一方で必死に心を落ち着ける。

「さくらという女性を知らないか？」

「さくら……。さあ……」

「そうか」

怜は、全く納得していない様子だった。

「お客さんは初めてですが、沖縄へは観光ですか？」

今度は彩葉も、相手を知るために質問した。

「いや」

一言発しただけの怜に代わり、続きは陸斗が答える。

「仕事の視察なんです」

「そうなんですね……」

ギスギスした雰囲気になり、彩葉にしては珍しく話が盛り上がらない。墓穴を掘りたくないから尚更だった。常連客がやって来る時間が近づき、彩葉は内心ハラハラしている。目の前の二人は、何やら仕事の難しい話をしていた。聞くつもりがなくても、聞こえてしまうのだ。

そして、彩葉が抱いていた疑問が解決する決定的な瞬間が訪れる。

「怜、明日見て回る方面の……」

『怜』と聞いた瞬間に、周りの音が一切遮断された。やはりイケメン王子は、桂の父親で間違いないだろう。以前さくらが、一緒にいたら惚れてしまいそうだと言った言葉を思い出して納得する。この容姿でこのオーラ。彩葉は手に負えそうにないが、さくらとはお似合いだと思った。

だが、彩葉がさくらの気持ちを無視して勝手に間を取り持つ訳にはいかない。

店の裏に住んでいるさくらとの距離は目と鼻の先だが、お互いの存在を知らない二人にはまだまだ遠かった。

「あの、すみません」

「え？」

「何度か呼んだのですが……」

「すみません」

「急用が入りまして、会計をお願いできますか？」

「えっ、あっ、はい」

とりあえず、さくらのことは知られずに済んだ。ただ、彩葉はこれは時間の問題だと感じていた。あとは、さくらと桂が幸せになれることを願うばかりだった。

＊＊＊

陸斗のスマホに開発チームのメンバーから連絡が入り、未練は残るが店を出る。どうやら、今日の宿泊先が近かったようで、二人が滞在するホテルまで挨拶に来たのだ。

会計をお願いするためにカウンターの中に向かって何度か呼びかけるも、反応がない。店員の女性は何か考え事をしているのか、心ここにあらずといった様子だった。

店を出てタクシーには乗らずに、ホテルまでの道程を歩く。

「結局、何もわからなかったな」

「いや、間違いなく彼女はさくらを知っている」

「えっ？　彼女は嘘をついているのか？」

「嘘をついたのか、言えない事情があるのか、それはわからないが、絶対に何かを知っている」

何かを感じたのか、そう断言する怜に否定する言葉は出ない。ただ、限られた時間で仕事をするために沖縄へ来ているのだ。さくら探しにあまり時間は使えない。

ホテルに戻ると、怜の到着を待つ開発チームのメンバーが揃っていた。

「陸斗、会議ができそうな部屋を借りてくれ」

「わかった」

怜は先程の店で、わずかだが、さくらの存在を感じていた。少しでも早く仕事を進めて、さくらを探すのに時間を使いたい。もう、すぐそこにさくらがいると確信していた。

そんな怜の焦れる気持ちとは裏腹に、チームのメンバーからは進展のない現状の報告が続く。

「やはりリゾートのプランとしましては、プールの規模を他よりも大きくするか、各部屋にプライベートプールを作る案しか、今のところは……。あとは、ベランダにジャグジーを作るとか……」

「そのどれもが、すでにこの地にあるホテルに存在する。プールに関しては建設が決定していて、あとはどのパターンにするかの話だ。もっと、今までにない画期的なアイデアはないのか？」

「……」

メンバーは黙り込んでしまう。

「宿泊客だけをターゲットにするのではなく、島内の住民も、他のホテルに宿泊している観光客も、全てを取り込むつもりで考えないと巨大なリゾート施設を作っても飽きられてしまう。目先の集客ではなく、今後『この地に来たら神楽坂』となることが最終目的なんだ。神楽坂リゾートに行きたいから沖縄へ行くと思わせることが、何よりも大事だ」

怜の言葉に真剣に耳を傾けるが、まだまだ検討の余地がありそうだ。

この日は一旦解散となり、開発チームのメンバーは自分達の泊まるホテルに戻っていく。

「怜、どうする？」

「今日は部屋に戻る。すまないが飲みたいなら一人で行ってくれ」

「ああ」

怜は今、何を思っているのだろうか。ずっと傍で見てきているだけに、切なくなる陸斗だった。

沖縄出張中とはいえ神楽坂グループの社長には、他の仕事もどんどん入ってくる。海外からの連絡も、陸斗が対応するものと、怜自身が対応すべきものがあるのだ。

結局、翌日からも忙しく、彩葉の店に立ち寄る時間が作れそうにない。

一方、彩葉も怜が店に来てから悩んでいた。

さくらに伝えるべきだろうかと……。以前は、再会することがあっても桂の存在は知らせないと言っていた。わが子が生まれた今は、どう思っているだろうか。

ただ、彩葉は実際に怜と対面してみて、怜がさくらのことを一夜の関係で終わらせるつもりだったようには見えなかった。どちらかというと、必死でさくらの行方を探しているように思えたのだ。

また、いつ店に現れるかわからない。この辺りに滞在しているなら、いつ遭遇しても不思議ではないのだから……

かなり悩んだが、やはりさくらには伝えるべきだと思った。

以前は夜だけだった彩葉の店は、常連客限定でランチとカフェを営業している。

さくらが将来カフェを開くのが夢だと聞いた彩葉が、桂を妊娠中のさくらのために、営業を始めたのだ。出産後は、体調が回復してから復帰して店にベビーベッドを置き、そこで常連客と一緒に子育てをしている。桂に会いたくて来る客も多い。

数人の常連客相手に始めたランチだったが、いつの間にか常連客が人を連れて来て、徐々に客が増えてお昼も毎日賑わっている。

桂を抱っこ紐に入れて営業の準備をしているさくらに、彩葉は思い切って話すことにした。

「さくらちゃん」

「はい」

思いつめた彩葉の表情に、さくらは何事かと戸惑った。

「……あのね」

「はい」

「多分、桂の父親だと思う人が店へ来たの」

「えっ⁉」

驚きのあまり、さくらは思わず大きな声を上げてしまった。その声で桂が泣き出した。

「あっ、桂ごめんね〜。びっくりしたね」

母の顔に戻り、優しく背中をさすってあやす。すぐにいつものさくらの優しい声に戻ったので、桂は泣き止んだ。

「びっくりするよね。伝えるべきか悩んだけど、さくらちゃんを探しているようだったから」

「……どうして」

「私も詳しくはわからないけど、かなりのイケメンで怜って呼ばれていたの。しかも桂にそっくりで驚いたわ。この辺りで知り合いを見掛けたって言われたの。それからさくらという女性を知らないかって」

多分、あの時の怜で間違いないだろう。桂が生まれてから、ずっと父親似だと思っていた。どん底のさくらを慰めて立ち直らせ、今こうして前に進むことができたのも、怜と桂の存在があったからだ。桂の成長と共に、ずっとさくらの心の中では、怜の存在が大切な思い出としてしまわれている。

彩葉はずっと疑問に思っていたことを口にした。

「彼が、どこの誰かを調べたことはないの？」

「えっ？」

「身なりも身のこなしもどこか品があるし、それにかなりのイケメンでしょう？　ネットで検索したら出てきそう」

「考えたこともなかった……」

「だよね。でも、彼が何者かを知るのも大事なことなのかも」

確かに彩葉の言うことも最もだと思う。怜は子供の存在を知らないが、桂の父親であることは間違いないのだ。

さくらは開店準備の手を止めてパソコンを開いた。彩葉もその様子を見守っている。『れい　イケメン　王子』とそのまま打ってみた。アバウトな検索にもかかわらず、一瞬にして知りたい情報が溢《あふ》れ出す。

「「……」」

二人で、パソコン画面を見つめて息を呑んだ。

「さくらちゃん、この人よね？」

「は、はい」

「ここへ来たのも、この彼で間違いないわ」

パソコン画面に、ドドンと顔写真が表示されている男性を彩葉が指差す。

「か、神楽坂《かぐらざか》怜……」

「神楽坂グループの御曹司……」

二人は思っていた以上の大物に恐れ慄《おのの》く。だが画面を見た桂がパソコンに手を伸ばし、「あー、あー」と声を出しているではないか。

「「……」」

血の繋がった桂には、何か感じるものがあるのだろうか。

改めて相手を知ったことで、さくらは余計に複雑な気持ちになった。

「実は……私が働いていた田崎ホールディングスは、神楽坂グループの傘下だったんです。だからあの日、怜さんはあのホテルにいたんですね。あの時、どこかで見たことがある気がしたのも納得です」

さくらが田崎ホールディングスに入社した際、神楽坂グループのことも研修で学んだ。当時はまだ社長ではなかったはずだが、写真か何かで見たのだろう。すごく若い人が重役にいると思った記憶がうっすらとだが残っている。

神楽坂グループの御曹司とは知らなかったが、怜にしたら、まさか自分の遺伝子を持つ子供がいるとは思いもよらないことだろう。

「彩姉、桂の存在を知られたらまずくない？」

「あの様子だったら、さくらちゃんに会いたいんだと思うけど……。桂の存在を知っても、まさか子供だけを奪おうとはしないでしょう」

「記事を見る限りではまだ独身みたいだけど、婚約者がいてもおかしくないでしょう？　私、婚約者では一度痛い目に遭ってるから、跡継ぎとか御曹司は……」

「さくらちゃんの不安な気持ちもわかるわ。辛い思いをしたものね。神楽坂さんも遊びに来た訳ではなさそうだったし、様子を見るしかないのかな。こちらから会いにいくのもおかしいしね」

その気がなくても、こちらから会いに行けば財産目当てだと言われかねない。

今のこの平穏な生活を壊したくない。桂がいて、この地で暮らしている今が幸せなのだ。

将来はカフェを開き、のんびりと過ごしたい。今は彩葉に助けられて成り立っているが、いつかは自立したいと考えている。

さくらの妊娠がわかった頃、失恋したと嘆いていた男性陣の中には、彼女がシングルマザーと知って未《いま》だに諦めていない者も多い。

さくらの夫、桂の父になりたいと希望する者はたくさんいるのだ。さくらにその気はないが、実際にしつこくて困る人もいる。桂に何かあると困るので、強くは言えないでいるが……

神楽坂グループで調べると、沖縄に関連した記事も出てきた。本島の北部に広大な土地を購入し、リゾート施設を建設すると載っている。怜が沖縄へ来たのは、まだ計画段階の視察だと思われる。実際に建設が始まると、社長が沖縄まで来ることはないだろうが、当分の間は注意が必要だろう。

そして他にも神楽坂グループの関連記事が目に入った。それは見たくもない記事だった。

さくらは記事を見るまで知らなかったが、田崎ホールディングスは神楽坂グループから離れて、経営自体が危ないようだ。更には、さくらを傷つけてまで選んだ相手とも離婚したと書いてある。

さくらとは全く違うタイプの可愛らしい小柄な女性。見るからに強《したた》かな感じだったが、今はどうしているだろうか。

もう、二度と会うことはないと思っていた。ところが何の因果か、まさかまた顔を合わせることになるとは……

さくらの行方を気にしているらしい怜とは、再会することのないまま平穏な日常を過ごしていたが、突然嵐がやって来たのだ。

「めんそーれ。何名様ですか？」

夜の営業時間に、観光客なのか、ど派手な男女のグループが入ってきた。もちろん応対するのは彩葉だ。

「四人です」

グループの中で一番若い男性が答える。

「テーブル席へどうぞ」

席に向かうグループの一番後ろにいたひときわ派手な唯一の女性が、ボソッと「しょぼい店ね」と言ったのが聞こえてきた。

じゃあ、ホテルで食べればいいじゃないかと思ったが、相手はお客様だとグッと堪《こら》える。

客商売をしていると、嫌な客が来ることもあるのだ。だが入ってきた時の雰囲気から、今まで出会った中でも最悪の予感がする。

他の客を気にすることもなく大きな声で盛り上がり、話は店内に筒抜けだ。

「ねえ、神楽坂先輩が沖縄入りしてるのは、間違いないんでしょう？」

「ええ。目撃者も多数いますから」

このグループの中では、一番年上のスーツ姿の男性が答えた。

「本社に行っても会ってもらえないの。なんとか沖縄で神楽坂先輩に会ってアピールしないと」

「会ってどうにかなりますかね」

「田崎が傾いて、パパの会社まで影響を受けているのよ。今、来栖食品を救えるのは神楽坂先輩しかいないの。悠太の奴、もう少し根性があると思っていたけど、全然使えなかったわ。パパの会社までダメになったら私が困るの！」

「でも、相手にされないのではないでしょうか。状況が悪化したらどうするんですか？」

「亜美ちゃん、可愛いから大丈夫じゃないの？」

若い男性の無責任な発言に、話が聞こえていた彩葉は心の中で思わず悪態をつく。この女のどこが可愛いのかさっぱりわからない。ただの根性の腐った腹黒女ではないか。

だが、今の問題はそこではなかった。目の前の女の口から出た『神楽坂先輩』と『悠太』という名前だ。話の流れからして間違いなく、さくらの元カレと結婚した相手だと確信する。

それにしても、さくらの元カレの見る目のなさに笑いたくなった。聞きたくもない話を聞かされて下品に盛り上がるグループには、早くお引き取り願いたい。

そこへ運悪く、さくらが桂を抱っこ紐に入れた姿で現れてしまった。

「彩姉、今いい？　ここが合わなくて」

ランチ営業の帳簿をつけていて、わからないところを聞きに来たのだ。

「あっ⁉」

「えっ⁉」

彩葉は、普段、この時間にさくらがお店に現れることがほとんどないため、すっかり油断していた。思わず大きな声を出してしまったのだ。

「あなたっ⁉」

テーブル席にいた亜美が彩葉と話をしようとするさくらに気づいて、近づいて来た。

「え……」

二度と会いたくない亜美の出現に驚き、さくらは思わず戸惑いの声を上げる。桂の顔が見えないように、とっさに少し身体をズラした。

「悠太と別れた後、すぐに結婚したの？　悠太に振られてちょうど良かったわね」

そう鼻で笑う亜美は、お見合いの時点でさくらの存在を知っていた。最初から悠太を自分のものにする気だったのだ。あのパーティーの日の亜美の不敵な笑みは、やはり全部知っていたからだと今更ながらに確信できる。

何でも自分の基準で物事を決めつける亜美は、さくらも、赤ちゃんの父親と悠太を二股していたと思い込んだようだ。

「あなたには、関係ないと思います」

「そうね。ないとは思うけど、私の邪魔はしないでね」

「何を仰っているのかわかりません」

状況がわからないのに、突然絡まれても戸惑いしかない。

「帰るわ。お会計をしてちょうだい」

亜美を止めることなく様子を窺っていた連れの男性達も、普段から振り回され慣れているのか、文句も言わずに帰り支度を始める。

さくらは訳がわからないまま、亜美達が店を出て行くのを呆然と見送るしかなかった……

常連客しかいなくなった店内は、微妙な空気が流れている。

「さくらちゃん、大丈夫？」

「何だ？　あの女」

「彩姉、塩だ。塩撒《ま》いとけ！」

みんながさくらを心配している。

「お騒がせしてすみません」

「桂の顔を見られなくて良かったわね。どうやら、神楽坂さん目当てでこの地まで追って来たみたい」

「そうなんですか?」

「さくらちゃんの元カレもバカね。あんな女の本性を見抜けなかったんだから」

「でもそのお陰で、私は間違わなくて済みましたから感謝ですね」

「皮肉なものね」

「私は、今が幸せなので」

亜美の存在がなければ、さくらが苦労していたかもしれなかった。

ただその場合は、悠太は転落の人生を歩むことはなかったかもしれないが……

## 第四章　二人の人生が交わる瞬間

さくらを見掛けて居酒屋に行った日から、怜は彼女を探しには行けていなかった。

神楽坂グループの社長として、仕事を投げ出す訳にはいかずに悶々としている。何か案が出て動き出せば、少しは時間の余裕も取れるのだが。

南部から那覇市内、中部から西海岸へと移動して、今は神楽坂リゾートの予定地である北部を越えて、やんばる地域の人気ホテルの視察に来ている。

空港から離れているが、何年経ってもこの地に建つホテルを目当てにやって来る客は、後を絶たない。

コテージ風に建てられた客室に、ゴルフ場、テニスコート、プールがあり、自然と海に囲まれた非日常を楽しめる。

常に綺麗に手入れされているのは当たり前のこと、離れていてもここまで来たくなる魅力を探る。

コテージのウッドデッキに寝そべり、海を見ながら頭は開発中のリゾートに集中する。意識していないと、すぐにさくらのことを考えてしまうのだ。

飽きることなく何時間も、景色を見ていられる。時間の流れが、都会の何倍も遅い気がするから不思議だ。それこそが、都会からやって来る観光客が求めているものの一つであることは間違いない。

一人旅、カップル、新婚さんには、優雅で理想的な過ごし方ではないだろうか。だが、子連れの家族になると話は別だ。

海外からの客も、それだけを求めるのであれば、沖縄でなくても自国のリゾートに行くのではないだろうか。

一年中暖かい沖縄で、何か意外性のある新しいことを……

アイデアが浮かびそうになった瞬間だった。

「神楽坂先輩〜」

隣のコテージから、鼻につく甘ったるい声で亜美に呼びかけられたのだ。

一瞬にして、怒りモードに変わる。

たとえそれが知り合いであっても、たまたま部屋が隣になった状況で声を掛けるなんてルール違反だ。

ましてや今回は完全に別での予約で接点はない。しかも関わりたくない相手で、こちらには迷惑以外の何ものでもないのだ。

「陸斗、中へ入る。気分が悪い」

「部屋を替えてもらうよ」

さすがにこのままでは、気持ちが休まらないどころか恐怖さえ感じる。亜美は明らかに怜が目当てで接触してきているのだ。

陸斗がホテルのフロントに抗議の連絡を入れると、支配人が慌てて部屋へやって来た。

「神楽坂様、このたびはご迷惑をお掛けして申し訳ありません」

「どうして、個人情報が漏れているのでしょうか？」

「どうやら、辻様を名乗る方から内線が入り、ルームサービスを頼まれたようです。お届け先を確認する際、こちらから部屋番号を言ってしまい、ご迷惑をお掛けすることに……」

「手口が悪質だな」

「別のコテージをご用意させていただきましたので、移動をお願いできますでしょうか」

「ああ」

面倒だが、移動しないことには落ち着かない。まるで、ストーカーから逃げているようだ。

今更、何の用があるというのだろうか。さくらの敵は怜の敵である。田崎が落ちぶれて多少なりとも来栖食品に影響は出ただろうが、娘が経営にノータッチだったこともあり、特に神楽坂はグループとしては何もしていないのだ。業績が悪いというのなら、怜のせいではなく会社の問題だ。

今、自分が動いて怜を怒らせることの方が危険だと、亜美は気づいていないのだろうか。

夕食は近隣に店がないため、ホテルのレストランを予約した。ここの宿泊客は、ほとんどがホテル内で食事をするため、レストランが充実していて繁盛している。

個室のある和食の店を選んだが、雰囲気も良くてようやく落ち着いた。

「レストランは、充実させるべきだな」

「例えば？」

「ホテルの客だけでなく、外からも食事のためだけにやって来るくらいの魅力がないとな」

陸斗は食事をしながらも、怜の言葉をパソコンに打ち込んでいく。

「まずは定番のバイキング。子連れには必要だろう。あとは、和食、フレンチ、イタリアン、中華、ステーキ」

「そこは定番だな」

「バーベキューに沖縄料理。沖縄料理は、先日の『彩』みたいなアットホームで、沖縄らしい店の方がいいだろう」

「二号店を出してもらうか？」

陸斗は軽く冗談交じりに言ったのだが、怜は真剣に考えを巡らせ、そしてニヤリと笑った。

「ありだな」

経営者としてなのか、個人的な感情なのかはわからない。

「あとは？」

パソコンに打ち込みながら、怜の考えの続きを促す。

「都会では当たり前に夜遅くまでやっている店、ラーメン屋とか」

「なるほど。若者にはルームサービスは高いし、身近な存在ではないな。他にも手軽に食べられる物があるといいな」

「長期滞在者に飽きられないようにしないとな。毎日フレンチとか、絶対に無理だろう？」

「だな」

「ホテルも、タワーとコテージが選べる方がいい」

「今流行のグランピングもありじゃないか？」

「ああ。カフェは何ヶ所かいるな」

食事がまだ半分以上残った状態で、二人は話に夢中になっている。

その時、個室の外が騒がしく、店員の制止する声が聞こえてきた。

「お客様、困ります」

「だから何度も言ってるじゃない。知り合いなんだって」

「知り合いであっても、お相手の許可が取れていないと、私どもは案内できません」

「案内してくれなくても勝手に入るから」

「それは困ります」

どうやら身勝手な客と揉めているようだ。嫌な予感しかしない。

「失礼しま〜す」

予想通り、お呼びでない客が現れた。

「何しに来た！」

すでに怜は、怒りの声を上げている。

「だって、神楽坂先輩に会いたかったんだもん」

いい歳をした大人の話し方ではない。この女は、一体何を考えて行動しているのだろうか……

「お前に用はない」

「そんなこと言わずに、亜美にチャンスを下さい」

「何を言ってるんだ？　チャンスを掴んで田崎と結婚したんじゃなかったのか？　失敗したのは自

分の責任だろ」

全く話の通じない相手にはなす術がない。人を蹴落としてまで結婚したくせに、何のチャンスだというのだ。

「あれは、私の選択ミスよ」

「フンッ、あの男も可哀想に」

「可哀想なのは私でしょう？」

「「……」」

こちらから見たらこの女も加害者だが、本人には被害者意識があるようだ。どう見ても、被害者はさくらではないか。

「神楽坂先輩、独身だし、そろそろ結婚とか……」

「出て行け。俺にも選ぶ権利がある」

「まさか、まだ悠太の元カノを気にしているとかはないですよね？　悠太を取られたショックで、会社を無責任に辞めていなくなったと思ったら、子供を産んだ女なんて」

亜美がポロッと、先日知ったばかりのさくらの情報を漏らした瞬間だった。

「今のはどういうことだ！」

怒鳴り声が響き渡る。

「えっ？」

今までにない怜の剣幕に、亜美は驚き戸惑った。もう、強気でわがままなままではいられない。

「さくらにどこで会ったんだ？　嘘をついたら許さない。すぐにお前の父親の会社を潰すぞ」

冷酷王子を本気で怒らせてしまった。このまま誤魔化すことができない雰囲気に気圧《けお》されて、亜美はしぶしぶ話し始める。

「三日くらい前に……」

怜は無言で睨みつけて次の言葉を待っている。

「居酒屋で……」

「『彩』か？」

「は、はい……」

「子供というのは？」

「偶然会った時に抱っこしていました。きっと、悠太と二股していたに違いないです。だから、別れてすぐに妊娠したんじゃないですか？」

「勝手に決めつけて、わからないだろう？」

「子供の大きさ的に一歳にはなっているはずです。だから絶対に二股なんです。あの女に騙されないで下さい」

「最後の恩情だ。今すぐに立ち去ればお前の父親の会社には手を出さないでやる。今後、二度と俺に近づくな。あと、さくらに手を出したらお前の家族ごと消えてもらう」

「そんなっ！　私はどうしたらいいの？」

「俺の知ったことではない。さあ、どうするんだ？」

鈍感な亜美も、さすがにこれ以上怜を怒らせるとマズいと気がつき、渋々立ち去った。

嵐の後の静けさが部屋を支配する。怜は黙って何かを考えていた。

「怜？」

あまりにも続く沈黙に、陸斗が呼びかける。

「ああ？」

「さくらちゃんは、結婚したってことか？」

「いや、恐らく俺の子だ」

「はあ？　どういうことだ？」

「あの時、さくらはかなり酔っていて、俺に話をした内容を覚えていないだろうが、田崎との関係を詳細に語っていた。田崎との子は妊娠していないと確信できる内容の話も、俺ははっきりと覚えている。時系列を考えても、パーティーの日は妊娠する可能性があったと、あの夜に俺は感じていた」

「まさか!?」

「もちろん避妊はしたが、俺もあの日の記憶は曖昧なところがあって、完全だったかと言えば自信がない。後半は記憶がないくらいに、さくらに溺れていた」

「なっ……！」

「もし仮に俺の子ではなくても、俺はさくらとその子を幸せにしたい」

いつも冷静な怜の発言とは思えない。自分の子だと確信しているようだが、仮にその子が本当に怜の子だったとしたら……

神楽坂グループの跡取りになるのだ。とんでもないスキャンダルではないだろうか？

陸斗のそんな心配をよそに、怜の表情は今までにないくらい柔らかく、そして幸せそうだった。

さくらを想い続ける怜を見てきただけに、陸斗はそれ以上何も言えなかった。

「陸斗、すぐにでもさくらのところに行きたい」

先程聞いた話が本当なら、仕事よりも優先すべきだろう。

「わかった。明日、行ってみよう」

「ああ」

すでに、怜の意識はさくらのところへ飛んでいた。

二年の年月が経ったが、褪せることのないさくらとの一夜は今でも鮮明に覚えている。今思い出しても、一瞬にして身体の芯から熱くなるほどだ。

今すぐにでも抱きしめたい……

あの日を最後に怜は誰とも関係を持つことなく、さくらを一途に思い続けていた。

さくらの子供が自分の子だと、怜は確信している。

居場所がわかれば、一晩がもどかしい。一分一秒でも早く会いたくて、眠れない夜を過ごした。夢にまで見たさくらとの再会がもう目の前なのだ。

亜美には散々迷惑を掛けられた記憶しかないが、彼女は思わぬ情報を持って来た。

やはりこの地に降り立ってから、頭の中で埋め尽くされていたさくらの存在は、意味があったのだ。二年の年月を経て、やっとこの手に捕まえることができる。

もう逃さない――

朝一番にホテルをチェックアウトして、西海岸を目指して陸斗は車を走らせていた。怜は外を眺めながら何か考えているようだ。この二年、さくらを想い続ける怜を見てきた陸斗は、今後の展開を気にしていた。いよいよ怜の想いが叶うのだろうか。

さくらが怜のことをどう思っているのか全くわからない。それに怜は確信しているようだが、本当に亜美が見た子供は怜の子なのだろうか。

実は今までにも、怜の子を身ごもったと言ってくる女が何人かいたのだ。

もちろん、怜もそれなりに女性と関係を持つこともあったが、自分の立場をわきまえて細心の注意を払っていた。実際には怜の地位や名誉が目当ての女達で、そんな事実はなかった。

月川さくらは、御曹司という窮屈な立場で恋愛を諦めていた怜が、初めて自ら本気になった相手なのだ。それに怜の人を見る目は間違いない。

二人を乗せた車は、見覚えのあるところまで戻ってきた。怜がさくらを目撃した場所の先に、例の『ちゅらかーぎー彩』がある。

まだ時刻は朝の九時過ぎだった。案の定、店には人の気配はない。

「どうする？　どこかで時間を潰すか？」

「いや。ここで待つ」

「営業時間は夜になってるぞ？」

ランチ営業は看板には書かれていない。

「ああ」

今の怜に何を言っても無駄だとわかっているので、陸斗は車を店の裏の広い駐車場に停めた。ここからだと、店と奥にある可愛らしい建物が視界に入る。

そしてなぜか、怜は店ではなく裏の建物を凝視している。

「どうした？」

「何が？」

「あの建物の方ばかり見ているから」

「……何となくだ」

車内に沈黙の時間が続く。陸斗は耐えられなくなってパソコンを出して仕事を始めたが、怜の様子が気になって集中できない。

何度か怜の様子を窺って、一点を見つめているだけで何を考えているのかわからない。

一時間ほど経った頃、裏の建物の玄関の一つが開いた。怜と陸斗は揃って息を呑んだ。姿を現したのは、先日のショートカットの女性だ。女性は通路を歩いて階段の方に向かっているが、まだこちらには気づいていない。

階段を降りて建物を出て店に向かおうとしたところで、やっと車の存在に気づいて立ち止まった。そして目を見開いている。

そこからの怜の動きは驚くほど速かった。陸斗が怜に視線を向けた時には、すでに車から身体が半分出ていた。

「ここに、さくらがいますね」

待ち伏せされているとは思わず、彩葉は反応に困った。彼らはどうしてここへ来たのだろうか。

先日は探していると言っていたが、今は確信しているようだ。

「どうして……。先日、お答えしたはずですが？」

「ここで、さくらに会ったという人がいましてね」

「……」

彩葉は、さくらの元カレを奪った派手な女を思い出した。まさか、そこから話が伝わるなんて予想もしていなかった。でも、それ以外に考えられない。

間もなくさくらが桂を連れて、部屋から出てくる時間になる。その前に大切なことを確認しておきたい。

「神楽坂さん」

「どうして、俺の名前を……」

「先日あなたが来られて、さくらちゃんのことを探しているようだったので、こちらも調べさせてもらいました」

「さくらは、俺のことを何も知らなかったのか？」

「ええ、パーティーの夜に知り合った男性、それだけでした」

「そうか……」

「で？　今更どうして、さくらちゃんを探しているんですか？」

「今更？　俺はあの夜からずっとさくらを探していた。一瞬たりとも彼女を忘れたことなんてない」

「えっ⁉　一夜限りの関係じゃなかったんですか？」

「俺はそんなつもりは微塵もなかった。さくらと生涯共にする覚悟で関係を持ったんだ。翌朝改めて話をしようと思ったら……」

「すでにさくらちゃんの姿がなかった……と」

「ああ。この二年、ずっとさくらを探していたんだ」

彩葉は目の前のイケメン王子が少し気の毒になった。その話が事実なら、完全なすれ違いではないか。

さくらも時々、王子そっくりの桂を見て切ない表情を浮かべることがある。一夜限りの相手だと割り切っているように見えて、心の中には王子の存在が大きく残っているのだろう。

「さくらちゃんに会って、どうするつもりですか？」

「これからの未来、さくらと俺達の子と幸せに暮らしたい」

「ええっ⁉　お、俺達の子⁉」

彩葉は、桂が怜の子供だと知っているが、彼はどうしてそれを断言できるのだろうか？　さくらに子供がいることはあの女から聞いたかもしれないが、子供の存在を知っただけで自分の子だとは知らないはずなのだ。

「あの夜にできた子だろう？」

「もし違ったら？」

「さくらの子なら問題ない」

あまりにも堂々と言い切る姿に、彩葉は驚いた。

「え～っと……。神楽坂さんに婚約者とかは？」

「そんな者はいない。俺にはさくらだけだ」

彩葉は想像とは異なる怜の一途さに戸惑った。でも間違いなく、二人は再会するべきだと確信した。長年のすれ違いを解消し、話し合うべき時が来たのだ。

桂にとっても、本当の父親がいるに越したことはない。

しかし、目の前の男は見れば見るほど桂にそっくりだった。将来、桂もかなりのイケメンになるのだろう。

「わかりました。あなたの言葉を信用します。さくらちゃんと桂を絶対に裏切らないで下さいね」

「子供は、桂という名前なのか……」

名前を聞いて感慨深そうに目を細めている。自分の名前を意識して付けられたかのような『けい』という響きに、今にも涙が溢《こぼ》れ落ちそうだった。

事の成り行きを側で見守っていた陸斗の目もすでに潤んでいる。

「もう間もなく、さくらちゃんも桂を連れて出てきます。お昼の営業は、さくらちゃんがメインなので」

「えっ⁉　でも看板には何も……」

昼営業のことは一言も書かれていない。

「常連客限定なんです。将来さくらちゃんは、自分のカフェを持つのが夢みたいですよ」

「それで、あなたは配慮してくれているんですね……」

その言葉を聞いて彩葉は目を見張った。やはりこの男は只者ではないと確信した。カフェの営業を始めたきっかけはさくらの夢を聞いてのことだが、対象を常連客のみにしたのは、さくらの容姿と無自覚さと、そして何より妊娠していたからだ。

全てを考慮して信頼できる常連客だけの営業にして、売上や利益を考えずに始めたのが正直なところなのだ。

「私にとって、彼女は妹のような大切な存在なんです」

「ありがとうございます」

怜は彩葉に向かって深々と頭を下げた。今までさくらと桂を守ってくれたことに対する心からの感謝の気持ちを伝えた。

「さすがですね」

「えっ？」

「さくらちゃんの話を聞いて、元カレだった人については腐った男だとわかりましたが、でも桂の父親についてはどんな人なのか想像がつかなかったんです。つい最近まで、さくらちゃんもあなたがどこの誰か知らなかったくらいですからね。でも今、神楽坂さんのことを知って、当時のさくらちゃんから聞いていた話と合わせて、あなたが桂の父親で本当に良かったと思います」

「こちらこそ、さくらがあなたと出会えていて良かった」

怜の心からの言葉に彩葉まで目が潤んでしまった。

その時、奥の建物の扉の一つが開いた。一瞬にして、三人の視線はそちらへ向かった。

「さくら……」

怜の呟きが聞こえた訳ではないが、さくらが建物から下の駐車場へ視線を向けた。

そして目を見開き、動きを止めた。その瞬間、怜が駆け出したのだ。

まさかの怜の動きに陸斗はポカンと口を開け、彩葉はまるでドラマのワンシーンのように怜の走っていく姿に見惚れる。

さくらが立ち止まっている三階まで、怜は一気に階段を駆け上がった。気づけばさくらは桂ごと抱きしめられていた。

「会いたかった……」

溢《あふ》れんばかりの想いが伝えられる。

「怜さん……」

彩葉から怜が店に来た話を聞いてはいたが、実感はなく、亜美が来た時もまだどこか他人事のように感じていたのだ。

あの時の王子の正体が神楽坂グループの御曹司だと知って、喜びよりも驚きと不安が勝った。そんな感情がこの一瞬で吹き飛ぶ。

あの夜、自分を虜《とりこ》にした王子が目の前に現れて優しく抱きしめられているのだ。

暫く二人は再会に浸っていたが、抱っこ紐に入れている桂が間に挟まれてもぞもぞ動き出した。

怜が抱っこ紐の中の桂を覗き込み、初めての父と子の対面の瞬間を迎えた。

若い男性には人見知りする桂だが、怜を見た瞬間『キャッキャッ』と元気な声を出したのだ。その何とも無邪気で可愛らしい姿を見た怜の目から、とうとう堪《こら》えきれずに涙が溢《あふ》れ出した。

「さくら、ありがとう」

「怜さん……」

涙ながらに、さくらへ心からの感謝の言葉が伝えられた。自分の子だとわかっていたかのような怜だったが、実際に顔を見て間違いなくわが子だと確信したようだ。きっと怜にとっては、幼い頃の自分を見ている感覚なのだろう。目の前のわが子を愛おしそうに見つめている。

「よかったら、この子を抱かせてもらえないか？」

怜からの申し出に、さくらは桂を抱っこ紐から出す。すると……

何と桂が怜に向かって、手を差し出したのだ。

「よしよし」

優しい声であやすように、怜がさくらの腕の中から桂を抱き上げた。

「あっ、あー」

まだ話はできないが、何かを一生懸命に訴えている。

「意外と重いんだな」

生まれた時を知らずに、いきなり一歳を過ぎた状態で抱っこしたら重く感じるのは当たり前だ。

家族の和やかな空気が流れているが、時間は止まってはくれない。

「さくらちゃん、そろそろ準備をしないと」

下の駐車場から彩葉の声が聞こえて、ハッと時計を見る。ランチ営業のための準備を始める時間は、とっくに過ぎていた。

「今、行きます」

彩葉に返事をして、怜の腕の中から桂を抱き上げようと思った時、怜から意外な言葉をかけられる。

「えっ!?」

「さくらが仕事をしている間、俺が桂を見ていたらダメか？」

「いつも桂はどうしているんだ？」

「お店で見ながら仕事をしています。常連さん達が本当に良くしてくれるんです」

「じゃあ、俺も店にいていいか？」

「……構いませんが、お仕事は？」

「パソコンがあればどこでもできるし、今はアイデアに煮詰まっているんだ」

「じゃあ、無理のない程度で桂をお願いします」

「ああ」

嬉しそうな怜を見て、さくらは胸が熱くなった。怜に抱っこされた桂もずっと笑顔だ。

階段を降りたところで、彩葉と陸斗が待っていた。怜におとなしく抱っこされている桂を見て驚く彩葉と、怜が子供を抱いていることに驚く陸斗。

「桂が泣かずに抱っこされてるなんて。パパってわかるのかしら？」

「私も驚きました。いつもの人見知りが全くないなんて」

「桂はいい子だ」

怜が桂を片手で抱いて背中を優しく撫でている。陸斗はポカンと口を開けたまま、まだ現実を受け入れられていないようだ。

「怜さん、お店でランチの準備を始めたいので桂をお願いします。何かあれば、すぐに声を掛けて下さいね」

「ああ」

さくらと彩葉は急いで店の中に入って行った。

「陸斗？ 呆けてどうした」

「いやいやいや。どうしたも、こうしたも……。お前が赤ちゃんを抱っこして、そんな優しい顔をする日が来るなんて。しかもお前にそっくりで驚いた。間違いなく、この子はお前の子だな」

「ああ。こんなに嬉しい気持ちになったのは初めてだ。子供を見て愛おしいと思ったのも初めてだ」

「怜、良かったな」

陸斗は怜の秘書である前に、幼馴染として長年一緒に過ごしてきただけに夢でも見ているようだった。特にこの二年間、怜の必死な姿を側で見守ってきただけに感慨深い。

陸斗が桂に近づき、手を出した瞬間だった。

「ウッウッ、ウエ～ン」

突然、桂が泣き出した。本来の人見知りを発揮する。

「人見知りって言ってたけど、本当に怜だけには大丈夫なんだな」

「よしよし。桂は偉いなぁ」

桂をあやしながらも、怜は本当に嬉しそうだ。こんなに小さいながらも、桂は怜に何かを感じているのだろう。

暫く駐車場で桂を抱っこしていると、店の前に車が停まり始める。昼の営業時間を迎えたようだ。来店する客は圧倒的に男性が多い。

「夜の営業も賑わっていたが、昼も人気があるようだな。看板も出していないのに」

「ああ……」

怜は若い男性が多いことに苛立ちを覚える。桂の存在が、今までさくらを守っていたのかもしれない。

「陸斗、店に入ろう」

「ああ。どうした？」

「俺のさくらを見に行く」

「はい!?」

突然の怜の発言の真意が、陸斗には理解できなかった。まさか客に嫉妬しているとは思いもしなかった。

二人が店に入ると、客席はほぼ埋まっていた。

「あっ、怜さん、桂を見てもらってすみません」

さくらが声をかけた瞬間、店の中にいた客が一斉に、入口で桂を抱っこしている怜に視線を向ける。

見掛けない顔のイケメンだが、見慣れている桂にそっくりだ。しかも、長い間通っていても抱っこできるほどは懐いてくれない桂が、おとなしく抱っこされてニコニコしているではないか。

「さ、さくらちゃん……」

「はい？」

さくらに惚れている常連客の一人が、恐る恐る切り出す。

「こちらの男性は？」

「え～っと……」

桂の父親には間違いないものの再会したばかりで、さくらは、怜の立場と曖昧な関係が気になり、どう答えたらいいのか戸惑った。

「俺は桂の父親で、さくらと結婚する」

「「「ええっ⁉」」」

店内に、常連客の絶叫が響いた。

「あらあら」

「やれやれ」

状況を理解している彩葉と陸斗だけが、怜の独占欲に半ば呆れを見せている。

「……」

さくらも突然の怜の結婚宣言に言葉が出ない。確かに怜は桂の父親で一夜の相手だが、結婚なんて考えたこともなかった。

「さくらちゃん、本当に？」

「どういうことだ？」

店内には戸惑いの声が溢《あふ》れている。さくらは怜の真意がわからず、怜は想像以上のさくらの人気にイライラしている。

今までどれだけ言い寄られてきたのかと心配する怜の気持ちは、さくらには伝わっていない。

冷酷王子と言われる怜が苛立ちを全面に出して、男性客に睨みをきかせている意味が、さくらには理解できない。店内の空気が怜のせいで一気に凍りついたが、さくらはそれにも気づいていなかった。

そんな中でも、怜に抱っこされた桂だけがキャッキャッとはしゃいでいるから、将来は大物になるに違いない。

さくらもあまりに突然のことに返答に困ってしまった。桂は自分一人で立派に育てると今日まで頑張ってきたから、それは無理もない。

「え〜っと……。怜さんが桂の父親であることは間違いないです。ただ さっき再会したばかりで、まだ戸惑いの方が大きくて、それ以上のことは何とも……」

「戸惑う気持ちもわかるが、俺は桂を授かったあの夜から、さくらと一生を共にすると決めていた。まさかこんなに長い間すれ違うことになるなんて、思いもしなかったんだ」

想像以上の言葉に、さくらは驚きを隠せなかった。一夜限りの関係だと怜が思っていなかったことを、今になって知ったのだ。

時間は戻せないが、怜の真剣な気持ちを簡単には否定できない。それに桂にとっても一生に関わる問題なのだ。

「怜さん、その話は後でゆっくりしませんか？」

「ああ、そうだな」

今は店にいるさくら目当ての男性客を牽制している怜だが、さくらはまだ怜のそんな気持ちをわかっていなかった。

その後も来店する客はまず怜の存在に、更には人見知りの桂がおとなしく抱っこされていることに驚いて、さくらに説明を求める。

怜には、常連客が全員さくら目当ての男に見えていてイライラを繰り返すが、肝心のさくらは一切それに気づいていないのだ。

さくらをずっと探していたことを知っている陸斗は、常連客に嫉妬する怜の姿に呆れつつも、さくらとやっと再会できたことを祝福した。

彩葉はさくらに話を聞いていた男性と目の前の怜とが、そのイメージと違い過ぎてずっと笑いを堪《こら》えている。ネットでも『冷酷王子』と書かれていた怜。たくさん載っていた写真も、どれも冷たい印象を受けるものばかりだった。

今、桂を抱っこしている冷酷王子とやらは、ただの甘々なパパだ。間違いなく親バカになりそうな要素しか見受けられない。

さくらと交際したいと思って通っている常連客には、いいアピールになったことは間違いない。さくらの人柄に惹かれている常連客が、怜の存在で店に来なくなることはないだろう。さくらは桂を一人で育てる覚悟をしたが、父親がいるに越したことはないのだ。

今後の『冷酷王子』の行動が楽しみだ、と彩葉は思った。

## 第五章　家族の新たな一歩

店のランチ営業が終わり、ようやく一息ついた。

「怜さんと、ええっと……」

再会してから今に至るまで、陸斗は自分が自己紹介すらしていないことに気づく。

「あっ、申し遅れました。神楽坂で社長秘書をしております辻陸斗です。月川さんとは、実は以前何度かお会いしたことがありまして……」

「えっ、すみません。仕事でお会いしていたんですかね？」

「そうですね。でも、お気になさらないで下さい。これからよろしくお願いします」

「こちらこそ。辻さんも、いきなり桂をお願いしてしまってお疲れでしょう。遅くなりましたが、ランチにして下さい」

カウンターに、先程まで出していたのと同じ、店で人気のランチプレートを用意した。

今日のプレートは、メインのチキン南蛮にサラダと切り干し大根とライスを盛り、あとは味噌汁をつけている。男性客はほとんどの人がライスを大盛りで頼み、みんな満足して帰っていた。

「美味そうだ……」

「ゴクッ……」

さくらの手料理を前にして嬉しそうな怜と一気に空腹を感じて喉を鳴らす陸斗の視線は、料理に釘付けになった。神楽坂グループの御曹司様が普段は何を食べているのか、さくらには想像すらできない。

ランチの時間をかなり過ぎてしまったが、二人は気にする様子もなく、ずっと桂を見ていてくれた。桂は始終ご機嫌で、感謝の気持ちでいっぱいになった。

「桂、こっちにおいで」

怜に抱かれていた桂を、さくらが抱きかかえる。

「先に食べていて下さいね。桂のオムツと離乳食を準備してきます」

「ああ」

「いただきます」

途中、オムツは替えたがグズることがなかったので、食事もまだだったのだ。

「彩姉、一旦桂を連れて部屋に戻ってきます」

「は～い」

裏で作業している彩葉にさくらが声をかけて出て行き、店内には怜と陸斗だけになった。

「怜、温かいうちにいただこう」

「ああ」

二人はカウンター席に並んで座り、さくらの用意したランチを食べ始める。

「陸斗、この近くのホテルのスイートを取ってくれ。できれば前回とは違うところがいい」

「違うところ？」

「支配人にバレてるから」

「なるほど」

二人の間ではこれで話が成立するが、他の者には何を言っているのか伝わらないほど短いやりとりだ。怜は芸能人ではないが、ホテル業界では顔が知られ過ぎている。

二人がランチを食べていると、裏から彩葉が出てきた。

「どう？　さくらちゃんの味付けはお口に合うかしら？」

「めちゃくちゃ美味いです」

口に入った状態で陸斗が返事をする。

「陸斗、汚い。でも本当に美味い」

「さくらちゃんは料理のセンスがあるのよ。見ていてわかったと思うけど、常連さんの胃袋を掴んでるわ。更には、さくらちゃんの人柄で毎日大繁盛よ」

「それは、あなたもでしょう？　夜も繁盛していた。……それでお願いがあるんだ」

「何？」

「神楽坂が沖縄の北部に一大リゾートを建設する」

「ネットで見たわ」

彩葉の言葉に二人は無言で頷く。土地を購入した時点で、神楽坂グループが沖縄に新たなリゾートを建設するのかとすでに話題になっているからだ。

「今回はその視察で来ている」

「そこで偶然さくらちゃんに再会するなんて、運命ね。それで？」

「まだ計画段階でオープンは先になる。だが、飲食店の候補はある程度決めている。そこでだ、ここの二号店を検討してもらえないだろうか」

「ええ？」

予想だにしない驚きの話に、今度は彩葉がポカンとしてしまう。

「理由は、もちろん料理の味も大事だが、あなたの人柄がこの店の雰囲気を作り出している。俺達が計画しているリゾートも、高級店ばかりではすぐに飽きられてしまう。長く通ってもらえる地元密着の魅力も必要なんだ」

「……褒めてもらってるみたいだけど、ここは私のおばあが始めた、素朴な沖縄料理の居酒屋よ？　神楽坂グループのリゾートに出店して、高い値段は取りたくないの」

「もちろんだ。今のままでいい。まだ先の話になるから一度考えてみてくれ。両方を仕切るとなると、人材を育てる必要もあるだろう？　今からなら、まだ時間は充分にある」

「わかりました。検討してみます」

「今更だが、名前を聞いてもいいか？」

「あっ、比嘉《ひが》彩葉です。みんなには彩姉と言われてますが、お好きに呼んで下さい」

「さくらが彩姉と呼んでいるから、俺も彩姉にするかな」

二人の会話を黙って聞いていた陸斗は、驚きしかない。怜は女性に対しては特に厳しく、名前で呼んだこともなければ、自分から仕事を依頼するなんて聞いたこともない。

でも怜がそうするくらいだから、彩葉に何かを感じていることはわかる。

「……仕事の話はここまでだ。もっと大切な話がある」

「そうね」

「俺は本気なんだ」

「それはこの数時間でわかったわ」

「さくらも桂も、愛しくて仕方ない」

噂に聞く冷酷王子には似つかわしくない言葉だが、イケメンが紡ぐ言葉としての破壊力は半端ない。彩葉は自分が言われた訳でもないのに、思わず頬を赤くしてしまう。

「こっちまで恥ずかしくて照れてしまうわ。気持ちはわかった。で？　どうしたいの？」

「すぐにでも結婚したいところだが、まずはさくらと話をしないとな。今日はこのまま二人を連れて行ったら、迷惑を掛けるか？」

陸斗は、怜が人にお伺いを立てて行動するなんて奇跡だ、と思いながら見守っていた。もう、自分が口を出すことは何もない。

「基本は、さくらちゃんの仕事はお昼だけよ。桂もいるしね。だから、私がどうぞと言うのもおかしいけど、さくらちゃんがいいならどうぞ」

「ありがとう」

ランチを完食して、彩葉の淹れたコーヒーを飲みながら、怜はこれまでのさくらと桂の話を聞いていた。可愛いわが子の成長を、今日まで知らずに過ごしていたことが残念でならない。

和やかな空気の流れる店内に、桂を抱っこしたさくらが戻ってきた。

「戻りました」

「あら？　桂、寝ちゃったの？」

「はい。オムツを替えて離乳食を食べさせていたら、途中からうとうとし出して」

「さくら、抱っこ代わるよ」

怜がさっと近寄り、眠ってしまった桂を抱き上げる。抱っこが様になっていて、違和感がない。

「気持ちよさそうに寝てるな」

「怜さんに遊んでもらって、相当楽しかったんですね。寝ながら笑ってる」

寝ながら微笑んでいるわが子はいつ見ても天使だ。怜も同じ気持ちなのか、自分では気づいていないようだが無意識に微笑んでいる。

「さくら、この後少し話せないか？　今日はこれから店には出なくてもいいと聞いたんだが」

「えっ？」

「もちろん桂も一緒にだ。二年前の、あの一夜からやり直したい。時間は戻らないが、話をして気持ちを確かめ合いたい」

「……」

怜が桂の父親であることは間違いないし、魅力溢《あふ》れる男性だが、なんせ突然の再会にまだ気持ちが追いついていない。

「さくらちゃんが戸惑うのもわかるけど、素直に向き合ってみたら？　答えは自然と出ると思うわよ」

さくらを最も理解している彩葉が背中を押してくれた。

「怜さん、改めてよろしくお願いします」

不安や戸惑いがなくなった訳ではないが、一歩踏み出す勇気も大事だと素直に思えた。

勘違いからの長いすれ違いを埋める瞬間が、ついにやって来た。桂の将来のためにも、避けては通れない大切なことだ。

「ありがとう」

怜からも自然に言葉が紡がれる。

子連れで、手ぶらでは出掛けられない。怜の腕の中で眠っている桂をそのまま預けて、さくらは荷物の準備に部屋へ戻った。

「怜、月川さんを待っている間に、ホテルのチェックインをしてくる。ベビーベッドとか赤ちゃん用品をお願いして、チャイルドシートも借りてくるよ」

「ああ、頼む」

細かなことにも気づいてすぐに動く陸斗は、怜にはなくてはならない存在だった。

桂はぐっすりと眠り、さくらは部屋へ、陸斗がホテルに向かったタイミングで、怜は気になっていたことを聞く。

「さくら狙いの男ばかりだったな」

「プッ、すごい顔で睨んでましたね」

「下心が丸見えだった」

「確かに、さくらちゃんの人気はすごいです。アイドル的なファン感覚の人と真剣な人とがいますが、変な人はいないので大丈夫ですよ」

「変な人は、あなたがすでに追い払ってくれた？」

「フフッ」

不敵な笑みを見せる彩葉を見て、改めてさくらは今まで彼女に守られていたとわかった。感謝しかなかった。


さくらが大荷物を抱えて店に戻ってきた。

「すごい荷物だな。足りないものがあれば買えばいいのに」

「子供には色々と必要なんです。オムツやミルクならすぐに買えるかもしれませんが、服は汚してから買いに行く訳にはいかないので……」

「確かに……。今まで子供と接する機会がなかったから、知らないことも多いと思う。これからは俺にも色々と教えてくれ」

「はい。少しずつ知って下さい」

「ああ」

神楽坂の冷酷王子とは思えないほど満面の笑みで、素直に教えを請う姿が新鮮だ。

「さくらちゃん、このすれ違いの二年をしっかりと埋めて来なさいね」

「うん。彩姉、ありがとう」

「ありがとうございます」

彩葉は二人にとってなくてはならない大きな存在だ。

「お待たせしました。出られますか？」

「ああ。さくら、行こう」

「はい」

二人の新しい一歩がここから始まる。

「どうぞ」

陸斗が開けてくれた後部座席には、高級車には似つかわしくないチャイルドシートが設置してある。さくらは、怜の腕の中でまだよく眠っている桂を受け取り、そっとチャイルドシートに寝かせた。

さくらが後部座席のチャイルドシートの横へ座って、怜が助手席に乗ったが、何やら不満顔に見える。

「怜、どうした？」

「チャイルドシートがでかい……」

陸斗は一瞬、怜が何を言っているのかわからずキョトンとしたが、後ろばかり気にしている様子を見て理解した。さくらの隣に座りたいのだ。

子供みたいな怜の発言に思わず笑いそうになる。幼い頃からいつも大人びていた怜を心配していたが、今は駄々っ子のように見えてある意味新鮮だった。

車が到着したのは店から十分ほどの距離にある高級リゾートホテルで、一部屋ずつにプライベートプールが付いている。沖縄でも一、二位を争うラグジュアリーなホテルだ。

子連れで泊まれるイメージはない。

「あの～、桂を連れて泊まって迷惑じゃないですか？」

「確認したので大丈夫ですよ」

そして案内されたのが、このホテルの中でも二部屋しかないスイートルームだった。

広々としたリビングは全面ガラス張りで、外にはプールが広がっている。さくらは、あまりの豪華さに腰が引けてしまった。

怜との一夜を過ごした部屋もスイートだったが、酔っていてハッキリと覚えていないのだ。翌朝も部屋を見るほどの余裕はなかった。

「どうした？」

桂を抱っこした怜が不思議そうに聞いてくるが、よく考えれば、神楽坂の御曹司ならスイートは普通で特に驚きはないのだろう。

「部屋が、豪華過ぎて……」

「そうか？　家族で泊まるならこれくらいが普通だろう？」

普通の感覚が、さくらとは違い過ぎた。一般人なら一生泊まる機会のない部屋だ。何を言っても感覚の違いは変えられない。それに今はもっと大切なことがあるのだ。

「普通ではないですが……。それよりも、桂が寝ている間に話を」

珍しくぐっすりと眠っている桂は、まだ起きそうにない。夜、寝なくなるのは困るが、今は話をした方がいいと判断した。

「そうだな。ソファに座ろう」

「はい」

陸斗が部屋にあるキッチンスペースでコーヒーを淹れながら、二人を見守っている。

「あの日、俺はパーティー会場でさくらを見て一目惚れしたんだ」

「えっ!?」

「だから、さくらが会場を出たのを見て追いかけた。バーで飲んでいる姿をずっと見ていたんだ。いつ声を掛けようかとずっとタイミングを窺っていた」

「……」

「傷ついているさくらにつけ込むように関係を持ったが、あの時点で、俺はさくらと一生を共にするつもりだったんだ」

さくらは怜の話を真剣に聞いた。

「翌朝起きて、さくらがいなくて驚いたし、ショックだった。しかもパーティーのために海外出張から一時帰国していて、翌日には海外に戻ったから、すぐに探すことができなかったんだ」

話をする怜の表情からは、あの時のことを思い出しているのか、切なさが溢《あふ》れている。

「帰国したその足で田崎ホールディングスに行ったが、さくらは退職した後だった。田崎から経緯は聞いた。一人で辛かったな……」

「怜は、怒って田崎を殴っていましたよ」

「ええっ⁉」

「ふざけたことをぬかしてやがったからな」

「私も、あんな人だったとは見抜けなかったんです」

「まあ、でも天罰は下っている」

「そうなんですね……」

「まだ田崎のことが気になるのか？」

「まさか。私はあの夜、怜さんに出会って勇気をもらえたんです。それで彼と対峙する決心がついて、改めて話をしてみても最低な人だとわかって、辞めてスッキリしました」

「そうか。頑張ったな」

怜の声は優しく、さくらの心の奥にまで響いた。あの時のことを思い出しても、もう何とも思わない。

「怜さんのお陰です。仕事を辞めて、少しのんびりしようと思って沖縄へ来たんです。それで、ここで最初に出会ったのが彩姉だったんです」

「それは、かなり運が良かったな」

「はい。私もそう思います。彩姉に出会ったから、この地に移ることに決めたんです。住むところまでお世話になりました。その後、桂を妊娠していることがわかって。父親である怜さんに知らせることなく勝手に出産したことは気になっていたんですが、桂を産んだことに後悔はありません。でも、驚きましたよね……」

「ああ、驚いた。けど、すごく嬉しかった。ずっと探し求めていたさくらが、俺の子を産んで育ててくれてたんだから。さくらと再会した喜びが二倍になった。一つ悔しいと思うことがあるとすれば……」

「……」

さくらは何を言われるのかと、不安な面持ちで怜の言葉を待つ。

「桂の成長が、今日まで見られなかったことだな」

「へっ!?」

「へっとはなんだ？　当たり前だろう？　わが子が産まれる瞬間、いや妊娠中もさくらと一緒にいたかった……」

「てっきり怒られると思っていましたから」

「どうしてだ？　嬉しいと言っただろう？」

「つい最近、怜さんのことを知ったんです。神楽坂グループの御曹司の、怜さんの子を勝手に産んだなんて、許されるのかと……」

「神楽坂目当ての女がいるのは確かだし、今までは細心の注意を払って生きてきた。でもそんな俺が、さくらとなら一生を共にしたいと強く思ったんだ」

さくらも、一緒に話を聞いていた陸斗も、真剣な怜を前にしてもう何も言うことはなかった。

「話はある程度ついたみたいなので、俺は仕事に戻る。怜、あとは家族水入らずで過ごせ。月川さん、明日の予定は？」

「明日は定休日なので、特に何も」

「じゃあ、怜も明日まで休みだな。寝室にベビーベッドが用意してあるはずだ。あと、何かいるものがあればホテルに頼んだら用意できる。夕食も子連れだと気を遣うだろうから、ルームサービスを注文しておくよ」

「サンキュー」

「何から何まで、ありがとうございます」

再会してから初めての、家族水入らずの時間が始まる。

陸斗には、部屋を出る瞬間に見た怜の表情が印象的だった。

幸せそうな柔らかい表情が、全てを物語っている……

陸斗が出て行った後、静かな空間で見つめ合う。怜がさくらに近寄り、キスをしようとした瞬間だった。

「ウ、ウェ〜ン」

怜の腕の中で、おとなしく寝ていた桂が泣き出したのだ。熱い視線を交わしていた二人だったが、一気に緊張の糸が途切れる。

「プッ」

あの頃とは違って、そう簡単に二人だけの時間にはならない。

怜が桂を縦に抱き直してあやしている。すぐに父親の顔になる怜の姿は、今日対面したばかりの親子とは到底思えない。

「起きたか。よしよし」

怜と再会してから怒涛の展開で、さくらは未《いま》だ夢見心地だったが、誠実な態度が全てを物語っていると素直に思えた。

自分を探していたと知って驚いたが、さくらにとっては怜が桂を受け入れてくれたことが何よりも嬉しい。

あの夜から忘れられない存在ではあったが、もう会うことはないと心の奥底にしまっていた気持ちが一気に溢《あふ》れ出す。今のさくらと桂の幸せがあるのも、怜とのあの運命の一夜があってこそだ。

怜の気持ちは、間違いなくさくらと桂に向いている。神楽坂の家のことは気になるが、怜自身を拒む理由にはならない。

怜にあやされて、寝起きの桂の機嫌はあっという間に良くなった。今もキャッキャッと嬉しそうな声を上げている。

「夕食まで時間があるから、桂とプールに入ってもいいか？」

「えっ⁉」

怜が、桂と遊んでくれるという。

「何を驚いてるんだ？　まだまだ暖かいから問題ないだろう？」

「それはもちろん」

「じゃあ何だ？」

「怜さんがプールに入るイメージが……」

「失礼だな。泳げるぞ。これでも定期的にジムへ通ってる」

「いえっ、泳げる泳げないの問題じゃなくて、子供とプールで遊ぶイメージができなくて」

「わが子と遊ぶんだ。イメージなんて関係ない」

「はあ……」

現実を目にしても、未《いま》だ夢を見ているかのような気持ちでいっぱいになる。

「さくらも一緒に入るか？」

「えっ⁉　遠慮します」

「じゃあ、それは次回の楽しみだな。遠慮することはないぞ？」

そう言われても、水着姿を知らない人より怜に見られる方が緊張するし、恥ずかしい。

「誰も見てないから裸でもいいが、一応水着を用意してもらうか」

「水着を着て下さい！　できれば桂の、スイム用のオムツもあれば助かります」

「了解」

怜がフロントに連絡を入れている。すぐに届くところが一流ホテルだ。

ランチ営業が終わってからのチェックインだが、夕方でも沖縄の気候は暖かい。プライベートプールは立派な広さがあるが、まだ小さな桂が入れるのは端の浅いところだけだ。

プールサイドのイスに座って親子の遊ぶ様子を見ながら、さくらは桂が生まれてからのことを思い返す。たくさんの人に助けられて、父親がいなくても何不自由なく生活してきた。けれど、こうして父親と戯《たわむ》れてはしゃいでいる桂の姿を見ると、自分一人では埋められないものがあると強く感じる。

さくら自身には父親との良い思い出はないが、桂にはこんなに素敵な父親が存在するのだ。

桂のためにも素直になろうと思う。

目のやり場に困るほど鍛えられた肉体。それに冷酷王子と言われているのが嘘のような、満面の笑顔はキラキラと輝いていて、思わず見惚れてしまう。

「さくら？　どうした？　黙ってじっと見つめて。いつでも一緒に入っていいぞ？」

「えっ、遠慮します。桂が嬉しそうなので、見ているだけで幸せです」

「俺も楽しい」

まだまだ喋ることのできない桂とでも、不思議とコミュニケーションは取れているようだ。

「そろそろ上がる」

「そうですね。お風呂も沸いているみたいです」

一時間ほど遊んでいただろうか。桂が疲れてきたところで、怜から声が掛かった。

「さくらも一緒に入るか？」

桂を抱き上げてバスルームに向かっていた怜が立ち止まり、聞いてくる。

「なっ！　無理です」

「恥ずかしがらなくても、もう隅々まで全部見たぞ」

「なんてこと言うんですか⁉　二年も前のことは忘れました」

「俺はさくらの全てを覚えている」

怜は恥ずかしい一言を残して、桂を連れてバスルームに行ってしまった。一人取り残されたさくらは頬を真っ赤にして固まる。

バスルームからも桂の楽しそうな笑い声が聞こえてくる。お昼寝を充分にしたとはいえ、この様子なら夜もぐっすり寝てくれそうだ。急に現れた父親の存在を物怖じせずに受け入れられる桂の順応性は、怜に似ているのかもしれない。

二人がバスタイムを楽しんでいる間に、陸斗が頼んでくれたルームサービスが届いた。桂も食べられそうな和食の御膳が運ばれ、更には子供用のうどんまである。

「さくら〜、桂を上げてくれ」

「は〜い」

バスルームへ行くと、身体全体がピンクに色づいている桂と色気がだだ漏れで目のやり場に困る怜が待っていた。バスタオルを広げて、怜を見ないように桂を受け取る。

「どうした？」

「どうしたもこうしたも、目のやり場に困ります。桂、気持ちよかったね。さあ、向こうで着替えようね」

さくらは、そそくさとその場を立ち去る。その初々しい姿に怜から自然と笑いが漏れた。今すぐにでも抱きたい欲望を我慢している怜の気持ちは、さくらへは伝わっていないのだ。

今夜、桂がぐっすりと寝てくれることを本気で祈っている怜だが、さくらにはわが子を純粋に可愛がっているようにしか見えていない。桂が寝た後の怜の下心など微塵もわかっていないのだ。

ダイニングスペースで、三人揃って夕食を食べる。桂は何でもよく食べてくれるから困らない。怜には、桂がただごはんを食べている姿でさえ愛おしく思えた。

「代わる」

「えっ？」

「さくらが食べられないだろう？」

「でも……」

「ほら」

どこまでも父親として完璧で、今日が子育て一日目だとは思えない。この人のどこが冷酷王子なのだろう。

さくらは今更ながらに、あの夜に出会った相手が怜で良かったと思った。どん底だったあの日に神様はいたのだ。

食事が終わり、ホテルが用意してくれた積み木を積んでは壊してを繰り返して楽しんで遊んでいた柱だったが、眠くなってきたのか目がトロンとしている。

すかさず怜が抱き上げて優しく揺れながら抱っこすると、あっという間にすうすうと寝息を立て始めた。

「寝ましたね」

「ああ、体が温かい」

「赤ちゃんは、体温が高いですからね」

「寝室に寝かせるか？」

「はい」

陸斗が言っていた通り、豪華な寝室のベッドの横にベビーベッドが置いてある。怜がそっと寝かせても起きる気配はない。

「朝まで寝るのか？」

「日にもよりますね。でも、今日はたくさん遊んではしゃいでいたので、このまま朝まで寝そうです」

「そうか。ここの扉を開けたら泣いても聞こえるだろう。リビングで少し飲まないか？」

「はい、アルコールは久しぶりなので少しだけ」

「ああ」

リビングにはシャンパンクーラーが置かれて冷やされていたが、夕食の時は飲まなかったのだ。

怜が器用に栓を抜いて、さくらのグラスに注いだ。

「再会に……」

ソファに座った二人はそっとグラスを合わせた。怜のその一言には、たくさんの想いが詰まっているとわかる。

「ずっと飲んでなかったのか？」

「はい。ここに来て桂を妊娠していることがわかって、先日まで授乳をしていたので」

「そうか……。あの日から、俺はずっとさくらに会いたかったんだ」

怜の表情から先程までの父親の顔が消えて、一気に男の顔になったのがわかる。色気と情熱と欲望がだだ漏れだ。

「私はどん底だったあの日に素晴らしい一夜をもらったと、怜さんのことは思い出として胸の奥に秘めていました。桂を授かったことには驚きもありましたが、本当に感謝しているんです」

「俺も感謝している。さくらと出会わなければ、一生誰とも結婚するつもりはなかったし、ましてや子供を持つこともなかった。俺の人生でさくらは唯一無二の存在だ」

「そこまで想っていただけて幸せです。でも、神楽坂を背負う怜さんに、私は相応《ふさわ》しいのでしょうか？」

「神楽坂は関係ない。一人の男として俺はさくらが欲しい」

怜の目が正面からさくらを捉えた。ほんのりと色づいているさくらの頬が、更に赤みを帯びる。

気づいた時には、怜がさくらの唇を塞《ふさ》いでいた。触れるだけのキスから、次第に口内の奥まで侵入してくる。怜の妖艶な舌の動きによって、さくらの忘れ去られていた女の部分に火がついた。

怜の唇が離れると、二人の間に卑猥な糸が引いた。見つめる怜の目からは、さくらへの欲望がダイレクトに伝わってくる。

「もう一生離さない。あの夜は酔っていたかもしれないが、今日は俺をしっかりと感じてくれ。二年前のやり直しをしようじゃないか」

王子に囚われたさくらに拒否する選択肢はなかった。さくらの身体もすでに熱を帯びていて、怜を待っているのだ。

「怜さん、あの日から私はあなたに惹かれていたんだと思います。桂を見るたびに、あなたのことを思い出していました。一夜限りの関係だと割り切ろうと必死になっていたのは、無駄な努力だったんですね」

「さくら」

もう我慢できないとばかりに、怜にソファへ押し倒された。

「私、まだお風呂にも入っていません」

「もう待てない。後で一緒に入ったらいい」

切羽詰まった怜の姿に、彼がどれほど自分を欲しているかが伝わり、さくらは素直に身を任せる。

さくらの身体を妖艶に這い回る怜の手が、何も考えられなくさせていく……

「んっ……はあっ……」

キスで口を塞《ふさ》がれて、手は胸を刺激する。優しく揉みしだかれて力が抜けたところで、先端を摘《つま》まれて腰が浮く。唇が離れたと思ったら胸に吸いつき甘噛みされる。すでに下半身からは、トロトロの愛液が溢《あふ》れているのを感じた。

手と口で胸を刺激されて、空いた手が下半身へと下りて下着の中へと入り込み、水音を立てながら擦《こす》られる。さくらの口からは自然と色っぽい声が漏れ始めた。

怜の指がさくらの膣内《なか》に挿入《はい》り、絶妙な動きで愛撫されると、ビチャビチャと大きな水音が室内に響く。

「恥ずかしい」

「気持ちいいだろ？」

本来のドSな怜が発動して、さくらは言葉でも感じてしまう。

「もうダメッ、イッちゃう」

「もっと感じろ、二年分はまだまだこれからだ」

怜の言葉と共に速くなる手の動きで、さくらは頭が真っ白になった。次の瞬間、身体がビクビクと痙攣する。

快感にグッタリしているさくらから一旦離れた怜が、すぐに戻ってきた。まるで妖艶なケモノが獲物を狙う瞬間のような鋭い目つきで、さくらを捉えている。

心臓が飛び出しそうなほどのドキドキとゾクゾク感が、身体を駆け巡る。

「挿《い》れるぞ」

さっきイッたばかりなのに、最大限まで膨張した怜のモノが膣口に触れただけで、またイキそうになる。

それは怜も同じで、少しずつ押し進めては、何かを我慢するように顔を歪めている。

「さくら、気持ちよ過ぎてヤバイ」

「んっ、怜さんっ」

必死で怜にしがみつき、揺さぶられては感じる。ゆっくりだった怜の動きが速くなり、最奥にまで挿入《はい》り込んで突かれるのだ。何度も意識を飛ばしそうになるが、そのたびにゆるゆると緩められ、意識を飛ばすことは許されない。

ソファでの行為はバスルームへと移っても続いた。怜の中では、寝室の桂が眠る横での行為にどこか後ろめたい気持ちがあるようだ。

離れていた二年間を取り戻すかのごとく、何度イッても繰り返される。

「怜さん、もうダメッ」

「イイだろ？」

「ああんっ」

「怜と呼んでくれ」

「レイッ」

さくらが名前を叫んだ瞬間、怜がさくらの膣内《なか》で弾けた。

一夜のやり直しという言葉を有言実行して、朝方まで二人は繋がり続けた。

外が白み始める頃、怜の腕の中で限界に達したさくらは、やっと寝室のベッドに辿り着いた。

『冷酷王子』の体力は凄まじい。

隣ですやすやと眠っている愛しい女性と可愛いわが子に囲まれて、やっと怜も満足して眠りについた。

もう絶対に離さない、誰にも邪魔させせない。

怜がそう強く誓っている頃、さくらは深い眠りの中にいた。

親孝行な桂は、この日は朝まで一度も目を覚ますことなく眠り続けた。


朝方まで愛し合った二人は、深い眠りについていた。桂の泣き声が朝を知らせる。

「ウ、ウッ」

しゃくりあげるような可愛い泣き声に、怜が先に気づいた。まだぐっすりと眠るさくらを起こさないように、桂を抱っこして寝室を出る。

抱っこをするとすぐに機嫌が良くなる賢いわが子に、怜は朝からメロメロになった。

桂に何を食べさせたらいいのかわからないが、さくらをもう少し寝かせたい。

怜は、自らフロントに連絡を入れた。

「おはようございます、神楽坂様。朝食の準備をさせていただいてもよろしいですか?」

「あ、ああ。子供が何を食べるのか……」

「昨日、辻様より朝食のご注文をいただいております。アレルギーの有無なども確認させていただいておりますので、すぐにお持ちいたします」

怜の知らないうちに、陸斗がさくらへ確認して朝食の手配をしていた。どこまでも陸斗は完璧だ。

「ああ、頼む」

「畏《かしこ》まりました」

ほどなくして、豪華な朝食が部屋に運ばれてきた。桂も匂いにつられて手を出している。

テーブルセッティングを済ませてホテルの従業員が出て行くと、怜は当たり前のように桂を膝に乗せて座った。

怜が口元にスプーンを持っていくと、素直に口を開ける姿が何とも愛らしい。父と子の時間はのんびりと流れていく。子供に食べさせながら自分も食事をすることが、どれほど大変なのかも実感した。

仕事を考えると、ずっと沖縄の地に滞在できる訳ではない。怜は今後のことに思いを馳せた。

愛しいさくらと桂と離れたくない。だが、都会での生活を二人に強《し》いることはできない。

神楽坂を背負う者としての責任と、愛する人との幸せな生活。立場上、簡単な選択ではない。でも、今はまだ何も考えず幸せに浸りたい。

二人のことを両親に報告したら、喜んでくれるのは間違いないはずだ。女性を寄せ付けない冷酷王子と言われる息子に、いつしか両親は結婚も孫も諦めているようだった。

そしてまだ結婚はしていないが、人当たりがよく、おっとりした弟の陽《よう》に期待しているはずだ。

陽は人を引っ張るよりも支えるタイプで、跡取りとしては優し過ぎる。怜も陽も神楽坂を継ぐために祖父から厳しく育てられたが、祖父も早々に陽には怜のサポートが向いていると見抜いていた。

陽は企画開発部の部長として、来週には沖縄入りをする予定になっている。

プロポーズをしてさくらと桂の家族になりたいが、先に陽に紹介して周りから固める作戦に出ようか……

それほど、さくらのことになると必死になってしまう。

朝食が終わってのんびりした時間をわが子と共に過ごす。日々仕事に追われて飛び回っている怜にとって、何年ぶりかの貴重なひとときだった。

そののんびりした空間にバンッと、勢いよく扉が開く音が響いた。音の方に視線を向けると、慌てた様子のさくらが寝室から飛び出してきた。

「ごめんなさい！　寝過ごしてしまいました」

「今日は休日だろう？　ゆっくり寝ていたらいい」

「そんなっ！　怜さんに桂のお世話を任せて、私だけ寝ているなんて……」

「たまにはいいじゃないか。寝坊したのは俺のせいでもあるしな。あと、『さん』はいらない。昨夜は呼べただろう？」

怜と呼べたのは、絶頂を迎える時だったからだ。今思い出しても恥ずかしい。

「昨夜は……」

もごもごと言い訳するが、怜には通じない。

「ほらっ、言ってみろ」

さくらの困った顔を見て、楽しんでいるようにしか見えない。

「あれ？　もしかして桂の朝食は終わりましたか？」

さくらがさりげなく話題を変えると、くすくすと笑われた。わざと、からかって楽しんでいるのだ。

「ああ。陸斗が注文してくれてたんだ」

「そうなんですね。何から何まで、お世話になりっぱなしですね」

「少し冷めてしまったが、さくらも朝食を食べたらどうだ？」

「あっ、はい。じゃあ、先に顔を洗ってきます」

呼び方も喋り方も敬語が抜けないのは、多めに見てほしい。まだまだ再会したばかりで、すぐには変えられないのだ。もっと近づきたいと思っている怜の気持ちは伝わってくるが、さくらは今はまだ現実を受け入れるだけで精一杯だった。

「どこか行きたいところはないか？　桂が喜びそうなところとか……」

怜に聞かれて、朝食を食べながら考える。よく考えてみると、近くの海や買い物には出掛けるが、桂を観光地に連れて行ったことがない。

「水族館に行きたいです」

以前から行ってみたいと思っていたし、桂も連れて行ってあげたかった。

「よし、じゃあ水族館へ行くか。陸斗に連絡して車を手配してもらう」

怜が陸斗に連絡をすると、近くのホテルに泊まっていたらしく、迎えに来ると言う。家族水入らずとはいかないが、元々怜にとっては家族同然だし、さくらにとっても心強い存在になりつつあった。

怜が運転するかはわからないが、桂がグズった時に相手をしてもらえることが、さくらにとってはありがたかった。

朝食を終えて、出掛ける準備を整えてチェックアウトする。一泊だったが贅沢な気分を存分に味わい、想い出に残る一夜になった。

エントランスでは従業員一同に見送られ、さくらはおどおどしてしまった。怜はそんなさくらの姿を楽しんでいた。怜の腕の中では桂がニコニコしている。

「おはようございます」

「ああ」

「おはようございます」

陸斗は怜を見て、改めて驚いた。今までも上司として友人として尊敬する存在だったが、そこに深みが加わった。守る者ができた男の貫禄なのか、獲物を捕まえた満足感なのかはわからないが、たった一晩で一皮剥《む》けた印象だ。

陸斗の乗ってきた車は昨日までの高級外車ではなく、高級車に変わりはないが、広さを重視したワンボックスカーになっていた。車高も高く、二列目にチャイルドシートを付けても、大人二人が余裕で座れる。

怜は満足気な様子で二列目に乗り込んで、桂をチャイルドシートに乗せている。さくらも隣に乗り込み、車は水族館を目指した。

「水族館に行くのは初めてです」

「沖縄に住んでかなり経つのに？」

「そうですね。いつかは桂を連れて行きたいと思ってはいたのですが……」

今回の神楽坂リゾートは、観光客だけでなく沖縄に住んでいる人達もターゲットにしているのだ。さくらとの会話は貴重な意見になると、陸斗もしっかりと耳を傾けている。

「いつかと思っていながら、行っていないのはなぜだと思う？」

「そうですね……。広くて綺麗で楽しいところだとはわかっていますが、正直、今の桂の年齢だと広いスペースは必要なくて……」

怜と陸斗は目から鱗が落ちたような驚きの表情を浮かべた。桂くらいの小さい子供を連れていると、親も子も疲れるだけなのだ。もちろん小学生くらいになれば充分に楽しめる場所だと想像できる。昨日、怜は桂とプールで遊んだが、確かに浅いところの小さなスペースしか使わなかった。

「昨日、桂とプールで遊んだから、さくらの言うことはよくわかる」

「えっ、怜がプールで子供と遊んだ⁉」

陸斗は違うことで驚いている。

「おかしいか？」

「い、いや……」

　さくらと再会してからの怜の変化に、陸斗は叫びたい気持ちをずっと我慢しているのだ。その気持ちが、さくらには手に取るようにわかった。

　今の怜を見たら、前社長で怜の父親も驚くだろう。いや、神楽坂家全体が驚くに違いない。さくらとの結婚に誰も反対しないだろう。ただ、陸斗には怜の祖父の反応だけが読めなくて怖かった。

「小さい子連れだけをターゲットにしている訳ではないが、年代ごとの需要を検討する必要がありそうだな」

「ですね」

「まだまだ課題は多いぞ」

「はい」

「さくら、他にも何か気づいたことがあれば言ってくれないか。俺達にはない意見を聞きたいんだ」

「私のですか？」

「そうだ。沖縄に住んでいる人の意見も大切にしたい」

「私でお役に立てるのなら」

　さくらと再会して浮かれているように見える怜だが、経営者としての仕事も忘れてはいない。

　車は渋滞することなく水族館へと近づいている。

「この先に神楽坂リゾートを建設する」

「えっ⁉」

さくらは思わず驚きの声を上げた。神楽坂リゾートの建設の話は知っていたが、実際の場所は知らなかったのだ。この辺りは空港からは離れているものの、水族館にも近く、観光客が途切れることなく訪れる人気のエリアだった。

「ただ、リゾート内に建てる施設が、まだ半分くらいしか決まっていない」

「そうなんですね……」

やはり神楽坂の御曹司はスケールが違う。自分に役に立てることが本当にあるだろうか。

到着した水族館は、平日にもかかわらず人が多く、やはり人気の観光スポットだった。

ここでも有能な秘書の陸斗がすでにチケットを購入済みで、待つことなくスムーズに入場できた。

「どこから行こうか？」

「そうですね。ジンベイザメとイルカ？」

「……プッ」

こんなにたくさんの魚がいる水族館に来て、あえてその二つに絞ったさくらに二人から笑いが起きる。

「桂が疲れないうちにジンベイザメとイルカを見て、後は適当に回ろうか」

「はい！」

嬉しそうなさくらに、怜と陸斗まで癒やされる。まだ状況がよくわかっていない桂も、水槽の方に手を伸ばして喜んでいるのが伝わってくる。

だが怜が抱っこしているとはいえ、やはり館内は小さな子供には広過ぎるのか、半分くらい回ったところで桂は疲れて寝てしまった。そんな桂を見て怜と陸斗は頷き合い、何かに納得している様子だ。

「さくらは他にどこか見たいところはないのか？」

「もう充分楽しみましたよ」

「そうか」

心地よい潮風に当たりながら、散歩がてら車に戻る道を歩く。

「あっ！」

売店を見つけて突然声を上げる怜に、陸斗とさくらは何事かと足を止めた。

「どうしたんですか？」

「桂がイルカを見てはしゃいでいたから、イルカを買う！」

「はあ!?」

今度は陸斗が素っ頓狂な声を上げた。怜の言い方だと、イルカを飼うと言っているように聞こえるのだ。しかも実現できるだけの財力があるから……

「ぬいぐるみですか？」

「ああ。ダメか？」

さくらがダメだと言ったら諦めるようだ。

「喜ぶと思います」

「そうか。じゃあ、買ってくる。さくら、桂を抱っこしてくれ」

桂を託して自ら売店へ向かう怜を、さくらは微笑ましく見つめる。その隣では、陸斗が驚愕の表情を浮かべて立ち尽くしていた。

「陸斗さん、大丈夫ですか？」

あまりのその驚いている表情に、さくらは心配になった。

「し、し、し……」

「えっ？」

「信じられない……」

「何がですか？」

「怜が自ら、売店にぬいぐるみを買いに行ったんだよな？」

「えっ？　はい……。ダメでしたか？」

「いやいや。成長？　いや愛情？」

陸斗自身も、自分が何を言っているのかわからない様子だった。

そして数分後……

「ブハッ！」

「ええ!?」

笑う陸斗と驚くさくら。

怜が巨大なイルカのぬいぐるみを抱えて戻ってきたのだ。

「れ、れ、怜さん……」

「ん？」

「大き過ぎませんか？」

「そうか？　店で一番大きいのをくれと頼んだら、裏からこれが出てきた」

「ブハッ、アハハハハッ」

「陸斗、何を笑ってやがる」

「お前、それいくらしたんだ？」

「はあ？　五万だったたか？　安いだろう？」

「……」

さくらは驚き過ぎて言葉も出なかった。一体誰が水族館に来て、五万円もするぬいぐるみを買うというのだろうか。こんなに大きくて高額なぬいぐるみが、観光地の水族館に売られていることにも驚いた。

怜から桂への初めてのプレゼントは、とんでもないインパクトのものになった。これは一生忘れられない思い出になるだろう。目が覚めて自分よりもかなり大きなイルカと対面した桂は、臆することもなくキャッキャッとはしゃいでいた。そんな桂も、やはり将来は大物になるに違いない。

水族館を後にした一行は、近くにある人気のカフェレストランへ入った。

リゾート風の沖縄らしい内装の店は、この辺りの気候や風土にマッチしていて、さくらにとっても神楽坂リゾートにとっても参考になりそうだった。

「さくらは、将来カフェを開きたいんだよな？」

「えっ、何で知ってるんですか？」

「彩姉に聞いた」

「そうですか。はい、いつかは」

「神楽坂リゾート内で夢を叶えるか？」

「えっ⁉」

「実は、彩姉にも二号店の打診をしている」

「ええっ！」

「料理はもちろんだが、人を惹きつけて集客できる魅力が必要なんだ。経営者、特に飲食店では大切な要素だと思っている。現に彩姉やさくらの人柄で、『彩』には固定客がたくさんいるだろう？」

「彩姉人気はすごいですからね。私なんてまだまだです」

「そんなことはない。俺が嫉妬するほどの常連客が何人もいるじゃないか」

「嫉妬？」

キョトンとするさくらは、自分の人気には気づいていないのだ。

「本当はすぐにでも攫《さら》って帰りたいが、さくらはここの生活に馴染んでいるから無理だろう？」

「攫《さら》う⁉」

「何を驚いている。俺は今すぐにでもさくらと結婚したい」

話の流れがあったにしても、カフェでいきなりプロポーズをした怜に陸斗は苦笑いしている。さくらは驚きのあまり口をポカンと開けて呆けた。

「怜、お前って案外不器用なんだな。仕事はいつも完璧なのに……」

「うるさい」

「け、け、結婚？」

「何を驚いている？　一生を共にするつもりだと何度も言ってるだろう」

「それは……。結婚とは結びついていませんでした」

一生を共にする、離さないとは言われたが、結婚とは結びつかなかったのだ。怜の真剣な想いに、自分も真剣に向き合おうとさくらは思った。

食事を済ませ、楽しい休日も終わりを迎えようとしている。

陸斗はさくらの住まいに向けて車を走らせていたが、怜は明らかに寂しそうだった。二年前、さくらがいなくなってしまった時以来の表情ではないだろうか。いや、楽しい時間を過ごした分、寂しさはそれ以上なのかもしれない。

「陸斗、明日の予定は？」

「明日は午後から本社とのオンライン会議になります。場所は、神楽坂リゾート予定地近くの会議室を借りています」

「それまでの予定は？」

「特に時間の決まった予定がないので、周辺の視察をしようかと考えていました」

「今日、さくらの部屋に泊めてもらえないか？」

「「え!?」」

「ダメか？」

「えっと……」

「ダメなのか？」

即答できないさくらに、怜は不安な表情を見せる。

「実は……」

「ああ」

「あそこは女性専用なんです。桂はもちろん特別ですが」

「へっ!?」

「だから彩姉に聞いてみないと、私の一存では決められません」

その後、怜が店で彩姉に直談判したのだが……

「ああ、ダメダメ。よく考えてみて。もしもよ、他の部屋の住人が、彼氏を連れ込んでいたら気にならない？」

「……」

言われてみれば、それはもちろん気になるし、もっともな意見だ。彩姉によってさくらの安全は守られていたが、期待が外れて撃沈する怜だった。


怜と再会しても、さくらの生活は以前と変わらずと言いたいところだが、仕事の合間を縫っては御曹司様が店へとやって来る。常連客とも、いつの間にか顔見知りになって馴染んでいるのだ。

陸斗だけが、スケジュールの調整に追われている。

「桂、パパだぞ～」

店へ入ってくるなり、怜は可愛いわが子に声を掛ける。

「いらっしゃーい」

「お疲れ様」

なぜか常連客からも当たり前に挨拶が返ってくるという、不思議な現象が起きている。

桂の遊んでいるベビーサークルまで一直線に向かっていき、抱き上げるのも見慣れた光景になった。

「怜さん、いらっしゃい。二人ともいつものランチでいい？」

まだ呼び捨てにはできないが、頻繁に通ってくる二人へのさくらの話し方もだいぶ砕けてきた。

「ああ」

「はい」

さくら目当てで通っていた常連客も、御曹司様が相手では敵わないと早々に諦めて、今では怜とも打ち解けている。

「そういえば、弟が来るとか言ってなかったか？」

「ああ。先週来るはずだったが、本社も忙しくて来週になった」

「さくらちゃんや桂くんと会わせるのかい？」

みんな自分のことのように二人のことを心配している。

「時間があれば……。俺の沖縄視察も一ヶ月の予定で来ているから、もうあまり時間がないんだ」

「さくらちゃんと桂くんと離れてしまうのは寂しくないのか？」

「もちろん寂しい。一緒に連れて帰りたいくらいだ」

「「それはダメだ‼」」

常連客からは一斉に反対の声が上がった。想定内だが、怜は思わず苦笑いを漏らした。頻繁にこちらへ訪れる予定になっているから、今はまだ我慢するしかない。

食事が終わると名残惜しそうに仕事へ戻る怜を、さくらが見送る光景が日常になっている。

「さくら、明日は定休日だよな？」

「えっ？　うん」

「仕事が終わったら迎えに来る」

怜の視線からは、さくらへの欲望が見え隠れする。

「え〜っと」

「俺を焦らすのか？」

「いや〜」

あまりにも露骨な誘いにさくらは腰が引けてしまうが、拒否権はないようだ。

「じゃあ後ほど」

怜は颯爽と車に乗り込んで行ってしまった。仕事が多忙の中で足しげく通って来て、さくらと桂への愛情を惜しみなく与えてくれる怜に不安も不満もない。ただ気になるのは、神楽坂という巨大なバックだけだ。二年前、信じていた相手に裏切られた恐怖を思い出してしまう。

それでも怜から求められると、女性としての喜びに身体が反応する。

桂が眠りにつくまでは、良き父親としてわが子に愛情を注ぎ、寝静まると男としてさくらを求めて繋がる。ホテルのスイートルームに響く、二人の荒い息遣い。

「あっ……」

怜の手によって翻弄された身体は、敏感に反応する。

怜がさくらの胸の先端を口に含み、強めの刺激と共に蜜口から膣内を掻き回すと、さくらは一気に上りつめる。

「イッ、イッちゃう」

「ああ、もっともっと俺に溺れろ。俺なしでは生きていけないくらい、身体にも覚えてもらう」

言葉は俺様だが指の動きは繊細で、さくらが敏感に反応する辺りを責めてくる。

「ああっ」

イッたばかりの敏感なさくらの中に、怜のモノが一気に存在を主張しながら奥まで押し入る。

「さくら、力を抜いてくれ」

「無理〜」

膣内は収縮を繰り返して、怜のモノを締め付けた。

「クッ」

挿入《はい》っただけですぐに持っていかれそうになり、怜は懸命に耐えている。

しかしさくらを気遣う余裕もなくなったのか、本能のままに激しくピストンを繰り返した。怜が動くたびに水音が鳴り、さくらの羞恥心を煽るのだ。角度を変え、体位を変えて、時間を忘れて繋がって快楽を得る。

そして最後は、二人で意識を失うように眠りにつくのだった。

神楽坂リゾートは、少しずつだが新しい案が練られている。先日、さくら達と行った水族館での会話から、ただ規模が大きいだけの施設ではダメだと気づき、再度話し合いがなされた。

「乳幼児が楽しく遊べるエリアも考えてくれ」

突然、怜が提案した内容にはメンバー全員が驚いたが、小さい子供を持つ社員からは賛成の意見が多数寄せられた。

そこからは、小学生が楽しめるアスレチックエリアや中高生が楽しめるアクティビティまで、年代ごとに案が出始めたのだ。

「決定的な何かが欲しいな。沖縄らしくないものが……」

「「……」」

確かに一ヶ所にこれだけの施設が集まるリゾートは前例がなく、それが神楽坂リゾートの大きな魅力にはなりそうだが、他とは違うと言える決定的な施設が欲しかった。

そして本社から、合流が遅れていた新たなメンバーが沖縄入りをする。

「兄さん」

「おう」

陽は、久しぶりに会った兄に驚いた。オンラインで顔を見ながら毎日のように打ち合わせをしているが、直接会うのは数週間ぶりだ。怜が沖縄に来る前から、ずっとすれ違いで顔を合わせていなかったのだ。

「何かあった？」

「来て早々何だ？」

「いや、ずいぶんと雰囲気が……」

戸惑いを見せる陽を押し退けるようにして、一人の女性が声を掛けてきた。

「神楽坂社長、お疲れ様です～」

「……」

弟に対する和やかな雰囲気から一転、一気に冷酷王子に戻った怜だが女性は空気を読めないらしい。

「企画開発部の江藤《えとう》です～」

無駄に化粧が濃く、鼻につく語尾を伸ばす喋り方のこの女性に苛立ちが募り、思わず陽を睨みつける。

「社長、企画開発部のメンバーです」

せっかくの兄の変化に興味があったが、江藤のせいでぶち壊しになってしまった。しかも今回は江藤だけではなく、部内から他に五名連れて来ている。兄の機嫌をこれ以上は損ねたくないのが本音で、この場を乗り切るために、陽は兄さんではなく社長呼びに切り替えた。

最低限の仕事はこなすので今回は江藤も連れて来たが、これは、彼女が怜狙いだとは全く気づかなかった陽のミスだ。

「まずは、各自ホテルにチェックインして下さい」

同じく怜の変化を敏感に捉えた陸斗が、一旦この場を解散させる。

「社長のお部屋はスイートですか？　真夏《まな》も見てみたいな～」

「江藤さん、ここへは遊びに来たのではないんです。東京に帰りますか？」

「え～」

すかさず陽が注意するが、江藤はあからさまに不満を漏らす。今までどれだけ猫を被り、怜に近づく日を虎視眈々と狙っていたのかと思うほど、陽はすっかり騙されていた。

怜は江藤を無視して去っていく。慌てて陸斗が追いかけるが、後ろ姿だけでも相当な怒りを表していた。そして、部屋に入るなり怒声が飛ぶ。

「おいっ！　あいつは何なんだ？」

「俺にもさっぱり……」

「何であんな奴を連れて来た？」

「それは、陽くんに聞いてくれ」

ほどなくして、怜のところへ陽が訪ねてきた。出迎えた陸斗に、小声で兄の様子を聞いている。

「怒ってるよな？」

「ええ、かなり」

「失敗した。与えられた仕事は、真面目にこなしていたから油断した」

「見抜けなかったんですね」

「はい……」

二人がこそこそと会話をしていると、部屋の中から怜の怒鳴り声が響いた。

「陽！　どういうことだ！」

「兄さん、すまない。全く気づけなかった」

陽の見る目がないというより、江藤が一枚も二枚も上手《うわて》だった。だが怜に会えた喜びで、今まで築いてきた信頼を一瞬にして壊すほど興奮して、本性を現したのだ。

「とにかく、俺には一切近づけないでくれ」

「あ、ああ」

先程の江藤の様子から、かなり強引に行動しそうで恐ろしい。すぐにでも東京に帰したいが、ここまで来てしまっては問題を起こさない限り無理だろう。

「ところで、兄さんは何があったんだ？」

「はあ？　何が？」

「何がじゃない。雰囲気が柔らかくなった？　いや何だ？　何かわからないけど、この数週間で別人になったみたいだ」

「……」

「プッ」

怜は自分の変化に気づいていないが、陸斗には理由がわかるだけに思わず笑ってしまう。

「陸斗さんは、何か理由を知っているんだね」

「まぁ……。俺も未《いま》だに驚いているから」

プライベートな話題が出ると、陸斗も普段の砕けた話し方になった。

「何？　何があったの？　驚くことなの？」

「まあな」

怜の態度にしては、かなり歯切れが悪い。

「気になるだろ？　ハッキリ言ってくれ」

「ああ。……俺は結婚する」

「……」

「ブハッ」

「陸斗、何笑ってやがる」

「あれ？　プロポーズの返事って、もらってましたっけ？」

怜の口から出た言葉も、怜と陸斗のやり取りも、理解できずにポカンと聞いていた陽が、われに返って慌て始めた。

「い、い、今、今」

「どうした、陽。何を言ってるんだ？　落ち着いてはっきりしゃべれ」

「いやいやいや。おかしいだろう？　何を冷静に突っ込んでるんだ？　け、け、結婚⁉　意味わかってるのか？」

「とにかく落ち着け」

「落ち着いてられるか！　何？　結婚？　女性と？」

「当たり前だ」

「誰？　どこの誰なんだ？　そもそも、兄さんのお眼鏡に叶う女性なんかいるのか？」

「近々、お前にも会わせる」

「はあ？　沖縄に来て出会ったのか？　それにしては結婚って早過ぎないか？」

「だから落ち着け。早過ぎない。いや遅いくらいだ。それに最近出会った訳ではない」

もう、何を言われてもキャパオーバーな陽だったが、一旦気持ちを落ち着かせた後は、実際に会ってからその女性を見極めようと思った。兄のことだから、神楽坂の金や地位目当ての女は選ばないだろう。

陽は一瞬にして、江藤の存在を忘れ去るほどの衝撃を受けた。

だが江藤が現れたことで、事態はややこしくなって行く。怜に見初《みそ》められたい一心でここまで這い上がってきた女は、嵐を巻き起こすのだ。

陽は、疫病神を連れて来てしまった……

＊＊＊

沖縄入りをしたばかりの企画開発部のメンバーは、チェックインをした後は明日までフリーとなり、好きに過ごしている。

陽はもちろん怜と一緒に行動する。元々仲の良い兄弟で、時間が合えば陸斗も含めて食事に行くのだ。

「陽は、何が食べたいんだ？」

怜は沖縄に着いたばかりの弟に、夕食に食べたい物を聞いただけだが、陽と陸斗はあからさまに驚いている。今まで怜が人に意見を聞くことはなく、何でも一人で決めてきた。

「何か、兄さんが優しい……」

「はあ？　早く決めろ」

「あ、ああ。せっかく、沖縄へ来たんだから沖縄料理とか？」

「なぜ俺に聞く。沖縄料理だな、陸斗」

なぜか急に機嫌が良くなり、陸斗の名前を呼んでいる。陽は訳がわからないが、沖縄料理を選んだことは正解のようだ。

「ああ、はいはい。『彩』だな。連絡を入れとくよ」

「彩って何？　兄さんの彼女？」

「はあ？　さっきから何を言ってるんだ？　沖縄料理を食べたいんだろう？」

「へっ？　まさかの店の名前？　紛らわしい」

「まあ行ったらわかるよ」

陸斗は、さくらや桂や彩葉の説明は怜自身に任せることにした。どのタイミングで、どのように紹介するのか楽しみでもある。

夕食時になり、三人は彩に向かった。

「陸斗も飲むだろう？　タクシーにするか？　歩くには少し距離がある」

「じゃあ、せっかく陽くんも来たし、飲もうかな」

「……」

陽にとっては、怜がタクシーに乗ることも陸斗を気遣うことも、初めて見る光景だった。何が起こっているのか、幻でも見ているのか……。とにかく沖縄に着いてからの出来事が現実離れしていて、夢の中にいるように思える。

両親や祖父も、今の怜の姿を見たら驚くこと間違いなしだった。

ホテルの前に止まっているタクシーの後部座席に兄弟が乗り、陸斗は助手席へ乗り込んで出発する。

「気候もいいし、のんびりしているし、年に何度かは来たいな」

「お前も買えばいいじゃないか」

「何を？」

「神楽坂リゾート内の別荘物件」

「え⁉　お前もって、兄さんは所有するつもり？」

「ああ、俺はオーダーで建てる」

「へっ⁉　わざわざ？　この地に？」

「沖縄に移住してもいいくらいだが……」

「いい訳ないだろう！」

怜は最後までは言わせてもらえず、陽に突っ込まれた。

「まあ、当分は頻繁に行き来するだろうから、先に建て始める」

「はあ？」

ホテルに宿泊すればいいのにわざわざ別荘を建てる理由がわからず、陽は陸斗に説明を求めた。

「神楽坂リゾートの建設が、実際に始まるのは先ですよね？」

「まだ、企画段階ですから」

「それを待たずして、この地で落ち着ける住まいが欲しいそうです。元々別荘は、分譲マンション棟の一部屋を怜が所有する予定ですが、マンションではなくオーダーで戸建ての別荘を一軒建てたいと……」

神楽坂の御曹司で社長の怜が、リゾート内に別荘を建てても何の問題もないが、先日まではそんな話は出ていなかった。結婚やオーダーの別荘など、陽が初めて耳にする言葉がたくさん出てくる。

「この様子ならすでに？」

「はい。動き始めています」

微妙に仕事が絡んでいる話に、陽と陸斗の口調は硬めだ。

「親父には？」

「はい、詳しくは話していませんが、許可は取りました」

まさかこのような驚きの展開になっているとは、父は夢にも思っていないはずだ。昨日も自宅で顔を合わせたが、特に何も言っていなかった。

話をしている間に目的地に着き、タクシーは一軒の店の前で止まる。

『ちゅらかーぎー彩』の看板に、陽は彩の謎が解けて納得した。

店へ入ると、かなりの賑わいを見せている。

「めんそーれ、あっ、いらっしゃい」

「彩姉、適当によろしく」

「わかった。今日はテーブルの席にしといた」

「ああ。サンキュー」

陸斗ではなく、怜が店の女性と言葉を交わしている。いや、まずもって女性の名前を呼んでいたことから驚きだ。それに最後に礼まで言ってなかったか？

彩姉と言われる人物は何者なんだ？　だが、驚きの光景はまだまだ続く。

なんと店の客達と談笑しているではないか。

沖縄へ出張に出る前までの怜は冷酷王子そのもので、陸斗や陽以外とはまともに会話していると ころを見たことがない。

それが今や……

陽の中では驚きが大き過ぎて、どうにも気持ちが落ち着かない。彩葉が特別な女性なのは違いないはずだが、結婚したい相手でないことは見ていてわかる。

陽が悶々と考えを巡らせていると、店に入ってから五分ほどでまた店の扉が開いた。人気店なのだと悠長に考えていたのだが……

「めんそーれ」

彩葉がいつも通りに声を掛け、常連客達が何気なく入ってきた客に視線を向ける。

仕事終わりの時間帯にもかかわらず、明らかにバッチリと化粧をした、見たことのない女性が立っていたのだ。

「お一人ですか？　カウンターしか空いてないのですが……」

ほぼ満席の店内は今日は男性客の割合が高く、若い女性にとっては居心地が悪いのではないかと気にしながら尋ねる。

すると女性は、店内を見回してあるテーブルで視線を止めた。

「神楽坂社長～お疲れ様ですぅ」

そして甘ったるい媚びた声を出して勝手にテーブル席に向かう。女性の存在に気づいていなかった怜達三人の動きがピタリと止まった。

彩葉はこの手の女が大嫌いだ。明らかに怜目当てで、自意識過剰の女は何をするか読めない。

彩葉やさくらの人柄に惹かれて店に通っている常連客も、あからさまに顔をしかめている。

「なっ、何で江藤さんが!?」

「このタイミングで現れるということは、ホテルから俺達をつけてきましたね」

「……」

驚く陽と冷静に分析する陸斗。怜の今までの和やかな雰囲気が一瞬にして消え、沈黙している。

「ご一緒してもいいですか？」

「江藤さん、それは……」

「お断りします」

「え～、酷～い。辻さん、私に冷たくないですかぁ？」

「その喋り方止めていただけますか？　イラッとする」

陸斗には珍しく、かなりの辛口だ。

普通の女性ならここまで言われたら引き下がるところだが、江藤の執着はかなりのもので、店を出る気配はなくそのままカウンター席に座った。

店の雰囲気は最悪で、常連客もどうしていいのか困惑している。

「ご注文は？」

「ビール」

彩葉が注文を聞くと、先程までの喋り方が嘘のように、ぶっきらぼうに答えた。

「あれ？　文《ぶん》さんグラス空いてるよ？　次は何にする？」

静かな店内に彩葉の声が響くと、少しずついつもの雰囲気に戻り始める。

店内に江藤がいるだけで、怜の機嫌は最悪だった。この状況でプライベートな話をする訳にもいかず、誰もがさくらが店に現れないことを祈っている。

「はあ～休まらない」

陽から思わず本音が漏れた。カウンターから三人が座るテーブル席までは少し距離はあるが、江藤の執着を考えると下手な発言は墓穴を掘りそうだ。

「陽くんのせいだろ？」

陸斗も思わず愚痴ってしまう。

「本当に騙されていた。女って怖えぇ……」

小声でのやり取りだが、ついつい本音が漏れてしまう。

「一週間の予定だったか？」

「ええ……」

初日からこの様子だと先が思いやられる。かといって、今のところ帰らせるほどの理由がないのが辛いところだ。

一方、彩葉もカウンターの中で居心地の悪さを感じていた。来店時のやり取りで、怜に近づきたい女だと瞬時に理解した。明らかにモテる容姿の御曹司様だから、こんな女は山ほど寄って来るだろう。

最初は突然現れてさくらを探す怜を訝《いぶか》しく思ったが、今ではさくらと桂を思う素敵な男性だと知っている。せっかく再会を果たした二人をもうかき回してほしくない。長いすれ違いから、やっと想いが通じ合ったばかりなのだ。

ただ、目の前の女の視線からは、執着なのか嫉妬なのかわからないが、黒いものを感じる。

今日はさくらが店に現れることはないだろうが、怜がタクシーに乗ってまで訪れる店に何かあると疑いを持ちそうで怖い。

とにかく、二人に被害が及ばないことを祈るばかりだ。

黙って食事をしながら怜のテーブルを見つめているこの女が、何を考えているのか読めない。

いつもは若い女性客がいたら気軽に話しかける常連客達も、この女には何か怖さを感じているようだ。

ゆっくりするつもりで来た怜だったが、食事を終えるとさっさと帰る準備を始めた。そして会計をする陸斗を待つことなく店を出てしまった。

「車を呼びましたから」

三人が帰る準備を始めたのを見て、彩葉はタクシーを手配した。

「ありがとうございます。また来ます」

「はい。お待ちしております」

普段は帰る客を店内から見送る彩葉だが、自然な素振りで店の外まで見送りに出た。その間、こっちをジッと見ている女の視線をひしひしと感じる。

店を出たところで、すでにタクシーに乗り込んでいる兄弟を横目に、陸斗が慌てた口調で話し出す。

「今日はすみませんでした。嫌な予感がするので俺のスマホの番号を置いていきます。何かあればすぐに連絡をいただけますか？」

「はい。……でも、大丈夫なんですよね？」

「あれでも、一応、江藤といううちの社員なんです……」

「そうですか。今は営業中なので、何かあれば連絡します」

あまり長いと、その江藤が何を勘繰るかわからない。

「はい」

陸斗は店に戻る彩葉を見送り、タクシーに目を向ける。そこには後部座席から、後ろの建物を見ている怜の姿があった。

近くにさくらがいるのに会えずじまいで、更に不安要素までできてしまった。再会してから結婚に向けて必死な怜のことだから、もしかしたら今日にでも陽に話をするつもりだったのかもしれない。

早急に、江藤をなんとかしなければ……

明日からは遊び歩く時間もなく仕事が詰まっているが、それは江藤が怜と同じ空間にいるということだ。

どうなることやらと先が思いやられる陸斗だった。


タクシーはホテルに戻ってきた。彩で食事はしたが、たいして飲むことなく戻ってきた三人は、怜の部屋で疲れた顔をしている。

「何か頼むか?」

「陸斗さん、適当にお願いします」

「……」

怜は目を閉じていて、何かを考えているのかずっと黙っている。

ルームサービスが届き、無言で飲み物を受け取った怜は、冷酷王子に戻ってしまったような雰囲気を醸し出していた。

「兄さん、本当にすまない」

居た堪《い たま》れなくなった陽が、何度目かの謝罪をする。

「陽、俺には愛する女性がいる。そして愛する息子も……」

「はぁ～!?　息子？　どういうことだ!?」

「もし二人に何かあったら俺は容赦しない。神楽坂を捨てることになっても二人を守る」

「「……」」

あまりの真剣なその言葉に、二人は怜を見つめて無言になった。怜は本気なのだ。

＊＊＊

店内へ戻った彩葉に、カウンターからの視線が強くなる。

「ねえ」

「……はい？」

「神楽坂社長と、どんな関係？」

「はい？　お客様と店員ですが？」

「じゃあ、何で社長がこんな庶民の店に来るのよ。しかも、辻さんとも面識があるみたいだし」

「庶民の店って……」

言葉の端々から最低な女だと伝わってくる。しかも男の前では態度を変える、典型的な嫌な女だ。

「だってそうでしょう？　泊まっているホテルにオシャレなレストランがあるのに、わざわざタクシーに乗ってここへ来たのよ。どんな素敵なレストランへ行くのかと思ってたら、ここよ？」

もちろんこの会話は常連客にも聞こえている。文句を言いたいが、口を挟んでややこしくするまいと彩葉の出方を見守っていた。

「あなたは、神楽坂社長をホテルからつけて来たのね。店を否定する前に、自分の行動を見直したらどう？」

「人をストーカーみたいに言わないで。声を掛けようと思ったらタクシーに乗っちゃったから、ついて来ただけよ」

「……」

自分勝手な言い分に返す言葉が見つからない。

「何を隠しているの？」

「何のことですか？」

「何かあるんでしょう？　神楽坂社長が、この店に来る理由が……」

女の勘なのか怜への執着なのか、江藤は店内を見回して何か探ろうとしている。

「あなたは、なぜそんなに神楽坂社長にこだわっているんですか？」

傍《はた》から見ても一目瞭然だが、目の前の女に対する怜の態度は酷く冷たかった。さくらと桂の存在がなくても、この女には微塵も可能性はないだろう。

「世の中に、神楽坂社長以上のハイスペックな男がいないからよ」

「だからって……」

「私はここまで来るのに努力してきたのよ！　パパの会社で働いても良かったのに、わざわざ神楽坂グループに就職して地道に頑張って来たの」

常識を知らないどこぞのお嬢様が、怜に近づくために無駄な努力をしてきたらしい。

「諦めたらどうですか？　あれだけ冷たくあしらわれているのに、余計に嫌われると思いますよ」

神楽坂グループに就職できたのだから、頭は悪くないはずだがズレまくっている。

「何を言ってるの？　神楽坂社長は普段から冷酷王子と言われていて、みんなにあの態度なのよ？真夏のことを知れば変わるはずよ！」

「「……」」

この店にいる常連客は皆、本当の怜の姿を知っているだけに、江藤が哀れに思えてきた。きっと今までの怜は、冷たい態度で女性を寄せ付けないようにしていたのだろう。

さくらや桂といる時の怜は、表情が豊かで別人のようだから……

「パパからも、神楽坂へ縁談の申し入れをしてるから、真夏の魅力に気づくのも時間の問題だわ」

おめでたい思考の女に呆れるも、彩葉が気になるのはさくらと桂のことだ。

ここを知られていなかったら気にも止めないが、目の前の女が何をするのか読めないだけに怖さがある。

以前店に来たさくらの元カレを奪った女も、どこぞのお嬢様だったがろくな女じゃなかった。

怜が相手だと平穏な日々は過ごせないのだろうか。彩葉は、さくらには幸せになってもらいたいと願っている。

結局何もわからなかったことに不満の様子だったが、言いたいことを言えて満足したのか、女は帰っていった。女が立ち去った後の店には、何とも言えない雰囲気が残った。

「あんな女がいるんだな……」

「いやー、無理だわ……」

沖縄の、のんびりした土地には似つかわしくない女だった。

＊＊＊

翌日から企画開発部のメンバーが合流して行った会議は、最悪の空気感が漂っている。

怜も出席しているが一切発言することなく、ただ目を閉じて座っているだけだが、存在感と威圧感が半端ないのだ。

「本社でも、現地からの報告は逐一受けて検討してきました。予算、規模、集客率などを計算して来ています」

陽から配られた資料をメンバーは真剣に見ている。莫大な費用が掛かるプロジェクトだけに、失敗は許されない。神楽坂グループは、怜の代になってからマイナス事業の大幅な改革を行い、今まで以上の利益が出ている。今が絶好のタイミングでの、このリゾート開発なのだ。

「見ていただいた通りの集客率があれば、一年目から利益が見込まれます」

「で？　その集客率を安定的に継続して確保するには、どうするんだ？」

今まで黙っていた怜から、ここで厳しい質問が投げかけられた。一年目は放っておいても話題になり、連日賑わいを見せることは誰にでも予想できる。リゾート経営は、最初の数年を想定して開発、経営していればいい訳ではないのだ。

もし何か世界的に影響を及ぼすような事件などが起きた時は、海外からの客が来られなくなる可能性もある。

そうなった場合は、国内の観光客か、最悪の場合は沖縄の島民しか来られなくなるかもしれない。そこまで考えて、神楽坂にしかない魅力があるものを、と怜は言っているのだ。

「先日の、乳幼児や子供の年齢に合わせて楽しめる施設案は本社でも賛成の方向でまとまり、今は詳細を計画中です」

「それはこちらからの発案だろう？　本社から持ってきた新しい案はないのか？」

「……」

企画開発部からもかなりの数の提案があったが、どれも似たりよったりで煮詰まっていた。誰もが沈黙している中、江藤は自分には関係ないとばかりに綺麗に手入れされたネイルを見つめ、会議の内容を聞きもしていない。それを目敏《めざと》く見つけた陸斗が声をかけた。

「江藤さん、沖縄に来てから何かと積極的に動いているようですが、何か案はありますか？」

怜をストーカーのように追いかけ回す暇があるのなら仕事をしろと、嫌味を込めての発言だ。

「えーっとぉ。私は、エステとネイルができて、プールで遊べたら充分ですぅ」

「「「……」」」

企画案を聞いているはずなのに、自分のやりたいことを答える役立たずぶりに、皆が呆れを見せる。これでは足を引っ張りに来たようなものだ。

「テメェ個人の気持ちは聞いてねぇ」

腹の底からの怒りを怜がボソッと呟いたが、静かな部屋にはしっかりと響いた。

「社長、真夏に冷たい……」

拗《す》ねて見せるが、可愛くもないし、仕事中の社会人の発言とは到底思えない。

「社長、企画開発部のメンバーで今日は現地へ視察に行って来てもいいですか？」

視察は明日の予定だったが、このまま会議をしていても、怜を怒らせるだけで話が進みそうにない。陽はこれ以上空気が悪くなるのを防ぎたい一心で提案した。

「ああ……」

「では、一旦解散します」

陸斗がこの場を解散させて、最悪の空気は脱した。朝から行っていた会議は、午前中で解散となる。

全員が会議室を出て、怜と陸斗だけが残った。

「陸斗」

名前を呼ばれただけで、陸斗には怜が何を言いたいのかわかった。昼食の時間帯に、思わぬ空きができたのだ。

「わかりました。車を回します」

「ああ」

会議中の無表情から一気に機嫌を良くした怜は、ある意味単純でわかりやすかった。車に乗り込み、さくらの元へ向かう。

その様子を陰から見ている一人の女がいた。

視察に出掛けたはずの女は、執念から一人身勝手な行動に出たのだ。

「いらっしゃいませ」

さくらの声が出迎えてくれるこの瞬間が、怜にとっては何よりも至福の時だった。

「さくら」

「あっ、怜さん」

「あー、あーっ」

怜の声に、さくらだけではなく桂も反応する。昨夜からの不機嫌な怜はもういない。

自然な動作で桂を抱き上げる怜は、紛れもなく父親の顔をしている。本当ならすぐにでも陽に紹介して籍だけでも入れたいところだが、あんな邪魔者が現れるとは思ってもいなかった。

「桂、いい子にしてたか？」

桂を抱っこしたまま、さくらが作るランチを食べる。

「怜さん、食べづらくない？」

「大丈夫だ」

さくらが心配してそう聞いても、少しでもわが子と触れ合いたいとばかりに、片時も桂を離さない。

怜と陸斗が食事を終えて、名残惜しそうに店を後にした。そして乗り込んだ車が走り出した時だった。

怜のスマホが着信を告げる。普段から何かあれば陸斗に連絡が入り、怜のスマホが鳴ることはあまりないのだ。

「はい……親父から連絡なんて嫌な予感しかないが、何だ？」

『お前と、どうしても見合いをしたいと――』

「断る」

怜は間髪を入れずに言い切った。

『そこをなんとか形だけでも……』

「無理だ。そんなこと言ってくるのは、どこのどいつだ？」

『ああ、江藤《えとう》商事の……』

「あの女か」

『何だ、知っているのか？』

「常識のない迷惑女だ」

『……』

取りつく島もない怜の返事に、父は何を言っても無理だと判断したらしく黙り込んでしまった。

「それより、結婚する」

『へぇ～そうか……。はぁ!?　ええっ？　今何て言った？』

「だから、結婚するって言ったんだ」

『誰が誰と？』

「俺がさくらと」

『さくら？　さくらって誰だ？』

「俺の愛する女だ」

『あ、あ、はあ⁉』

「親父、大丈夫か？」

スマホの向こうから、画面に向かって叫んでいる父を『あなた大丈夫？』と心配する母の声が聞こえてきた。

『よくわからんが、怜が結婚するらしい』

『あなた、何を言ってるの？　怜が結婚って、地球がひっくり返ってもないわよ〜』

自分達の息子に向かって散々な言いようだった。

「とにかく俺は見合いをしないし、近々籍を入れるつもりだから」

この機会だからと一気に報告して、一方的にスマホを切った。向こうでは大騒ぎになっているだろうが、やっと両親にも報告できて怜はスッキリしていた。

＊＊＊

怜と陸斗が店から出て行くのを見ていた女がいた。そして二人が乗る車が見えなくなるのを待って店に入る。

「いらっしゃいませ」

ランチの時間は常連客しか来ないはずのところに、見たことのない客が来たのでさくらは首を傾げた。

「あっ！」

昨夜店にいた常連客が、女の顔を見て声を上げる。

「えっ？　田中《たなか》さんのお知り合い？」

「い、いや。彩姉～」

田中はこの女がこのタイミングでやって来たことに危険を感じて、とっさに裏にいるはずの彩葉を呼ぶ。

「ねえ、あなた、神楽坂社長、いえ怜さんとどんな関係？」

「えっ？」

全く状況を理解できていないさくらと、このままでは危ないと察知した常連客達。

「う、う、うぇ～、うぇ～ん」

何かを感じとったのか、桂が泣き出した。そこで女は初めて子供の存在に気づいたらしい。

「何？　あなた、子供がいるの？」

ここで、常連客全員が桂の顔を見られてはいけないと動き出した。とっさにベビーサークルの近くにいた女性の常連客が桂を抱き上げる。

「どうかしたの？」

そのタイミングで彩葉が裏から出てきて店内を見渡し、状況を理解する。

「あなたっ！　何で？」

「あら、私が来たら迷惑？　何かやましいことでもあるの？」

「仕事中じゃないの？」

「あなたには関係ないでしょう？」

「ランチは、常連のお客様限定の営業よ？」

この時、彩葉はすでにエプロンのポケットの中で陸斗のスマホの番号を発信していた。昨夜もらった連絡先を、ついさっき登録したばかりだった。

＊＊＊

父親からの電話を切った瞬間、再び怜のスマホが着信を告げた。

父や母なら出るつもりはなかったが、相手は陽で、スマホの向こうで何やら珍しく慌てている。

「どうした？」

「兄さんの近くに江藤さんはいる？」

「はあ？　どういうことだ？」

「ホテルからタクシーに乗って現地に着いたら、江藤さんが乗っていなかった。二台に分かれていたから、ここへ着いてから気づいたんだ」

「まさか⁉　陸斗、すぐに彩へ戻ってくれ」

「はあ⁉」

「あの女がいない」

「なっ、どこに。まさか⁉」

車をUターンさせるために路肩に車を寄せた瞬間、今度は陸斗のスマホが鳴り出した。

「知らない番号だ」

「貸せ。すぐに車を出してくれ。陽、また連絡する」

怜は陽との会話を終了させて、慌てて陸斗のスマホに出る。

「はい」

「……」

通話になっているが相手からの反応はない。スピーカーにして反応を待つ。

『客を選ぶの？　別に客として来た訳じゃないからいいけど。それより何を隠しているのよ』

『何のことかしら？』

『昨日の今日で、またこの店に社長が来るなんておかしいでしょう？』

『そう？　うちの料理を気に入ってくれてるんじゃないの？』

スマホの向こうから、江藤と彩葉のやり取りが聞こえてくる。

「陸斗！」

「ああ。もうすぐ着く」

店にはまだ常連客がたくさんいるだろうが、さくらと桂もいるのだ。気持ちばかりが焦る。

車が店に着いた瞬間に怜は車から飛び出して駆け出した。そして、勢いよく店の扉を開ける。

バンッ!!

店内に大きな音が響き、皆の視線が入口の怜に向いた。

「えっ、どうして……」

江藤が驚き、戸惑いの声を上げる。

「テメェ、何を考えてやがる」

冷酷王子が君臨し、一気に店内の温度が下がった。

「う、う、うぇ〜ん」

怜の冷たい声に桂が素早く反応する。

「あっ、桂。すまない」

泣き声を聞いて一瞬で冷静になった怜は、抱っこをしている常連客の元へ行き、自然な動作で桂を抱き上げた。

「えっ？」

怜の動きを追っていた江藤は驚きの声を上げてポカンとしていた。

「よしよし」

怜があやすと、泣いていた桂がすぐにキャッキャと笑い出した。

「なっ、何？　まさかの隠し子？　どういうこと？　私、騙されてたの？」

「はあ？　勝手に俺の後をつけてきて、何を言ってるんだ？　騙しも隠しもしない。俺の子で間違いない」

「嘘でしょ!?　信じられない！　マスコミにリークしてやる」

「ああ、それは構わないが、自分がしたことで何かあっても後悔するなよ。見合いを打診してきた父親にも、くれぐれもよろしく伝えてくれ」

桂に見せる顔とは違う、恐ろしいほどの冷笑を浮かべた表情で言い放つ。やっと事態を察した江藤が黙り込んだ。

「俺が大事なのは、地位や名誉ではなく、家族だということを教えといてやる」

決まった相手がなく、独身で、女性には全く興味がないことで有名な神楽坂の御曹司の怜になんとか取り入ろうとした江藤だったが、実際には子供までいて、そこにつけ入る隙は微塵もなかった。

江藤は肩を落として、店から出て行く。

「皆さん、お騒がせしました。さくらと桂を守っていただいて感謝します」

怜が感謝の言葉を述べて深々と頭を下げる。常連客のお陰で、さくらと桂は無事だったのだ。

「兄さん、江藤さんは!?　えっ!?　あ、赤ちゃん!?」

江藤と入れ違いで、現地へ行っていた陽が店に飛び込んできた。怜が頭を下げている姿にも、赤ちゃんを抱っこしている姿にも驚きしかない。

「陽、落ち着け」

「落ち着けって、この状況でそれは無理だ。違和感しかない……」

「桂、陽おじちゃんだぞ〜」

「お、おじちゃん……。っていうか、に、似てる……」

「可愛いだろう？」

「……」

冷酷王子と言われてきた怜と、親バカ全開の今の怜とのギャップに戸惑いしかない。もちろん陽の前では冷酷な姿は出さないが、基本無口な怜の子供をあやす姿は想像すらできなかった。

怜に抱かれた桂は、じっと陽を見つめている。怜と接するようになってから人見知りは少しマシになったが、初対面の人にはまだまだ泣き出す。ところが陽に対しては泣くことなく、ニコッと笑ったのだ。

「か、可愛い……」

陽から見ても、桂は怜の小さい頃に本当によく似ていた。神楽坂兄弟は小さい頃から天使のようだと言われるほど整った容姿をしていて、近所でも有名だったのだ。

「兄さん、俺も抱っこしたい……」

「ええっ？」

「何で嫌そうなんだよ」

「桂は人見知りなんだ」

「大丈夫だよ。見てみろよ。俺が兄さんと兄弟だってわかっているんだな。桂は賢いなぁ。ほら、陽兄ちゃんだぞ」

陽が近づき、怜の腕の中から抱き上げた。桂は泣くことなく、おとなしく抱っこされている。

「陽兄ちゃんって何だ？　おじちゃんだろう？」

「ひどっ。でも桂にならなんて呼ばれても許せる」

すでに陽もメロメロで、親バカならぬ叔父バカになっている。

「そろそろいいですか？」

店で一騒動あり、迷惑を掛けたのだ。陸斗だけは冷静で二人の間に割って入る。

「ああ、そうだった。今日は、本当にありがとうございました」

怜と陽と陸斗の三人で、再び深く頭を下げた。

「ご迷惑をおかけしたお詫びに、本日の会計は全て神楽坂が持たせていただきます」

陸斗の言葉に常連客は恐縮しながらも喜んで帰っていく。

「陽、さくらを紹介する」

「あっ！」

店に来てすぐに赤ちゃんを抱っこする怜を見て衝撃を受け、相手のことはすっかり頭から抜け落ちていた。

怜に呼ばれて、カウンターの中からさくらが出て来る。

「初めまして、月川さくらです」

「弟の陽です。女性に全く見向きもしなかった兄の変わりように驚いてます。でも、兄の目は確かだとさくらさんを見て納得しました。しかもこんなにそっくりな息子まで……。俺は大賛成です」

陽からは純粋に賛成の気持ちが伝わってくる。さくらを自然に名前で呼び、親しみを感じる。神楽坂の家を気にしていたさくらにとっては、心強い味方ができたのだ。

「ありがとうございます。まだ、私自身が怜さんと再会したばかりで夢の中にいるようなんですが……」

神楽坂家で育った陽も怜と同じく、高飛車で自意識過剰な女性と接する機会が多く、控えめな女性と出会うことが珍しい。

陽の部署ではキャリアを積みたい野心のある女性が多く、江藤はどちらかというと控えめに見えていた。それは、怜に近づくための演技だったが。

「陽、さっき親父からあの女との見合いの件で連絡があったから、断りついでに結婚すると言っておいた」

「「ええっ!?」」

陽だけでなく、さくらも驚きの声を上げた。まさか、そんなにあっさり報告しているとは思いもしなかったのだ。

「親父はなんて？」

「驚いていた」

「そりゃそうだ。すぐに、こっちへ飛んでくるかもな」

「まさか……」

怜は、冷静に両親の行動力を思い出している。

「明日くらいか？」

「だな……」

「まあ、ちょうどいい。陽はあの女がどうしているか確認して来い。このまま沖縄にいても、役立たずだし迷惑だ」

「ああ。処分はどうする？」

「マスコミにリークするほどバカじゃないと思うが……。あの女の父親の会社も含めて脅しといたからな」

「……」

怜の冷酷な笑みに、この場にいる全員の背筋が寒くなった。そんな中、桂だけがキャッキャッと怜の腕の中で嬉しそうにはしゃいでいるのだ。陽はその様子を見て、桂は将来大物になりそうだと思った。

陽がホテルに戻り、店には怜とさくらと桂、そして彩葉と陸斗の五人だけになった。

「さくら、色々と迷惑を掛けたな」

「いえ、びっくりしましたけど、彩姉をはじめ、皆さんのお陰で何もなかったので……」

「彩姉も、ありがとうございました」

陸斗もお礼の言葉を口にする。

「何もなくて良かったわ。それにしても強烈だったわね」

「勘弁してほしい。陽も騙されるくらいだから、かなり強《したた》かだと思う……」

「大丈夫？　他にもまだまだあんな女性がいるんじゃないの？」

「そのことで、さくらに話があったんだ」

「何でしょう？」

「さくらと桂の存在を世間に発表したい」

「「えっ⁉」」

「とりあえず、まずは俺には愛する女性と子供がいる事実を発表する。今後のことは急かすつもりはないが、俺の気持ちは変わらない。さくらと桂と家族になりたいんだ」

「怜さん……」

「今回は、俺のせいで二人に何かあったらと思うと、生きた心地がしなかった。二人を守れるなら俺は何だってするつもりだ」

「怜さんの真剣な想いは、しっかり伝わっています。桂の様子を見ていても、父親の存在は偉大なんだなぁと感じているんです。怜さんの立場上、どうすることが正解なのか、私にはわかりません。だから、怜さんを信じて全てをお任せします」

「ありがとう。陸斗、すぐに手配してくれ」

「ああ」

さくらの返事を聞いて満足した怜は、優秀な秘書に後を任せた。江藤の動き次第では、早々に発表したほうがいいのかもしれない。


それから、いつもながらに名残惜しい気持ちで店を後にする。ホテルに戻ると、陽をはじめとした企画開発部のメンバーが揃って待っていた。

「兄さん、江藤さんは帰ったみたいだ」

「……」

「どういうことです？」

無言の怜に代わって陸斗が訊ねる。

「部屋はチェックアウトしていて、フロントに退職するとメモが一枚預けられていました」

「そうですか……。無責任ですが、せいせいしましたね。何か仕事に支障は？」

陸斗から本音が飛び出す。

「ありません」

陽がはっきり断言すると、他の企画開発部のメンバーも揃って頷いていた。

「あとはこちらで処理しますので、皆さんは現地視察の結果を踏まえて報告書を作成して下さい。明日、改めて会議をします」

「「はい」」

陽は緊急事態で視察せずに戻ったが、他のメンバーはしっかりと現地を見てきたはずだ。

江藤が退職して、さくらと桂を脅かす邪魔者はいなくなった。

ここから更に、二人の関係が大きく動き出すことになる。

## 第七章　嵐がやって来た

江藤の件が片付き、夕食は宿泊しているホテルで済ませ、怜の滞在するスイートルームで陸斗と陽と共に仕事をしている時だった。フロントからの内線が入る。

「はい、ええっ⁉」

いつも冷静な陸斗が、いきなり素っ頓狂な声を上げたのだ。

「どうした？」

「それが……」

「何だ？」

言い淀んでいる陸斗に、怜は嫌な予感しかしない。

「ご両親が……」

「「えっ!?」」

今度は兄弟揃って驚きの声を上げた。確かに両親はフットワークが軽く、思い立ったら即行動のタイプだ。昼間の怜の爆弾発言に、明日には沖縄へやって来るだろうと予想していたが、その予想の遥か上を行く行動力だった。

「はぁ～。来たものは仕方がない。追い返す訳にもいかないだろう。ここに通してもらってくれ。多分部屋も取ってないだろうから、手配も頼む」

「わかった。フロントに行ってくる」

陸斗が部屋から出て行き、兄弟はこれからやって来る自分達の両親を思い浮かべてため息をついた。今、父の聡《さとし》は神楽坂グループの会長という立場で、毎日は出社していない。そして、昼間の電話の向こうでは母の美也子《みやこ》の声も聞こえていた。

自宅にいた聡が、電話を切った後すぐに沖縄行きの飛行機を予約したのだろう。

暫くすると、陸斗が両親を連れて部屋に戻ってきた。

「ちょっと怜、どう言うこと？」

いきなり美也子の質問が飛んでくる。

「来て早々に何だ」

「何だじゃないでしょう？　いきなり結婚って……。陽も知っていたの？　きちんと説明してちょうだい」

怜よりも陽の方が聞き出しやすいとばかりに話を振る。

「俺も驚いたんだけど事実だよ。お相手は素敵な女性だった」

「!?」

二人は半信半疑ながらも、冗談なんて言うような息子ではないのでここまでやって来たが、事実だと言われてもまだ信じられなかった。

「陽は相手の女性に会ったのね？」

「ああ」

「冗談じゃないのね？」

「ああ」

「あなた！」

「まさか……」

これだけ確認しても、まだ疑っている様子だ。

「何だ？　まさか反対するつもりじゃないよな？」

「はあ？　まさか！　お礼を言うことはあっても、反対なんかする訳ないでしょう？　結婚なんて夢のまた夢だと思っていたのよ？　相手の方に感謝しかないわ」

「ならいいけど……」

「早く相手の方に会いたいわ」

「それは無理だ。突然来て何を言い出すんだ」

「何でよ」

「さくらと桂がびっくりする」

「……。桂？　誰？　まさかの二股⁉」

驚愕の表情で怜を睨んだ美也子だが、まだ桂の存在を知らないのでそれも当然の反応だ。

「はあ？　何の冗談だ？　桂は俺の息子だ」

「「……⁉」」

怜の爆弾発言に両親は口をパクパクさせて声も出ないようだった。人間、驚き過ぎると本当にこんな反応になるのだなと、怜は呑気に感心していた。

「怜！　あなた、何を考えているの？」

美也子に詰め寄られ、怜は力いっぱい腕を掴まれた。美也子は怜を見上げながら怒りをあらわにしている。

「まさか女性を妊娠までさせて、今まで放ったらかしにしていたの？」

あまりの剣幕に陸斗が慌てて割って入る。

「違うんです」

「どういうこと？」

怜の腕を掴んだまま、陸斗に問いただす。

「二人は二年前に出会っていたんですが、相手の方とはすれ違ってしまって、怜はずっとその女性の行方を探していたんです。それでこの地へ来て、ようやく再会することができたんです。子供の存在も、再会するまで知らなかったんです」

「そうなの？」

「ああ。そろそろ手を離してくれ。痛い」

怜よりも身長の低い美也子が、下から腕を力いっぱい引っ張っているのだ。陸斗の説明を聞いて、やっと解放された。

「じゃあ、私達には孫がいるってこと？」

「そういうことになるな」

次の瞬間、美也子は聡に飛びついて泣き出した。怜は訳がわからずに戸惑った。

「何で泣くんだ？」

「何で？　当たり前でしょ？　私達の周りは皆、もうお孫さんがいて、すごく羨ましかったのよ。

でも、うちの長男は女性を寄せ付けない上に冷酷王子と言われているし、次男はのんびりし過ぎているし、孫なんて夢のまた夢だったのよ？　それが、突然怜から結婚するなんて言われて、居ても立ってても居られなくてここまで飛んできたの。そしたら何？　すでに孫がいるなんて、どんなサプライズ？　嬉し過ぎて涙が止まらないわ。あなた～」

まだ聡に抱きついた状態で、美也子は泣きながら喜んでいる。反対されるどころかあまりの熱烈なその喜びように、両親の今までの思いを知った怜は複雑な心境になった。

「明日、さくらに会ってもらえるか聞いてみる」

こんなに喜んでいる両親を前に、自身も父親になってみてわかる親心を蔑《ないがし》ろにはできない。

陸斗と陽も胸が熱くなり、静かに見守っている。桂の存在が怜を成長させているのだ。元々経営者としての実力はあったが、人間性の成長が更に神楽坂グループの未来を明るくしていた。

翌日、店の準備が始まる前の時間帯に連絡を入れると、さくらは驚きはしたものの、両親との対面を快諾してくれた。

「ご両親は驚かれたんじゃないですか？」

「驚いてはいたが大喜びだ」

「そうなんですね。それは安心しました」

「ランチの営業が終わる頃に、そちらへ行ってもいいか？」

「こちらから伺わなくてもいいんですか？」

「ああ、桂も慣れたところの方がいいだろう？」

「そうですね。では、お待ちしています」

「ああ」

午後から会えることを伝えると、両親はせっかく沖縄に来たからと、あっさり観光に出掛けて行った。

怜も視察についての会議の真っ最中で、仕事が立て込んでいる。江藤が片付いたと思ったら急に両親が現れて、次から次へと対応に追われるが、本来の神楽坂リゾートの計画が思うように進んでいないのが現状だ。

「何か目玉になる施設の案はないのか？」

「……」

リゾート全体は形になってきたが、目玉になる施設が決まらない。メンバー全員に焦りの色が浮かぶ。

一方、怜の別荘の計画は順調に進んでいた。リゾートマンションの建設も概ね決まり、国内外のセレブが集まってくることは間違いない。

メインの施設案だけが未《いま》だ保留だが、他も進めなければ計画自体が進まない。

午後になっても、オンラインで本社にいる大勢のリゾート開発の担当メンバーとの会議が続いている。

怜も参加していたが、両親を『彩』へ連れて行く時間になり、陸斗と共にこっそりと会議室を抜け出した。

陽も一緒に抜けようとしていたが、怜と陽の二人が会議を不在にする訳には行かず、そのまま置いてきた。恨みがましい目をして何か言いたげだったが、見て見ぬふりをした。

ホテルのロビーでは、両親が待ちきれない様子でそわそわしている。

「やっと来たのね」

「こっちは仕事をしているんだ。観光に行ったんだろう？」

「行ったわよ！　でも、この後のことが気になって全然楽しめなかったわ。だって孫に会えるのよ。まだ信じられないけど……」

長年怜を見てきた美也子は、まだ夢じゃないかと疑っている。

「お待たせしました」

陸斗が車を駐車場からエントランスへ移動してきた。もちろん、先日から乗っているワンボックスカーだ。いつでもさくらと桂を乗せられるようにと、水族館に行った時に交換したままなのだ。

「……」

あまりワンボックスカーに馴染みのない両親は、ポカンとしている。陸斗が後部座席のドアを開けると、チャイルドシートが装着されていた。

「狭いですね。すぐに外します」

「待って、このままで大丈夫よ。小さい子供には必要よね」

美也子は感慨深げに呟いている。聡も珍しそうにしながら、二人で二列目に乗り込んだ。怜が助手席に乗り、車が走り出す。

店までの道は、怜にとってはすっかり見慣れた景色だが、両親にとっては馴染みがない場所だ。沖縄には時々夫婦でバカンスに訪れるが、離島に行くことが多い。本島は数年に一度くらいしか来ることがないのだ。

「この辺りは、リゾートホテルが多いのかしら？」

「そうですね」

「のんびりとしたいい所ね」

「はい」

「そういえば」

陸斗と美也子の会話を聞いていた聡が、ふとあることを思い出したように口を開いた。

「どうされましたか？」

「怜、お前はリゾート内に別荘を建てると言っていたな」

「ああ。今更反対しないよな？」

「反対ではなく、俺も別荘が欲しい」

「はあ？」

「だって嫁と孫は、当分この地にいるんだろう？」

「……今後のことは、まだ何も話し合えてない」

「怜、あなた、しっかりしなさいよ」

世間では神楽坂の冷酷王子と呼ばれて恐れられている怜だが、美也子にとってはいつまでも心配の尽きない息子だった。

「……」

陸斗は黙り込む怜を横目に笑いを堪《こら》えている。怜の両親のこんなに嬉しそうな顔を見るのは、長年の付き合いだが初めてのような気がする。

ほどなくして、車が店の前に到着した。

「『ちゅらかーぎー彩』？」

「ええ。オーナーは彩葉さんといいます」

美也子は怜に聞いても答えが返って来ないだろうと、陸斗に尋ねている。そんな会話をしている間に、怜はさっさと車を降りて、店に入ってしまった。

「先に行っちゃったわ。酷くない？」

「少しでも早く会いたいんだと思いますよ」

「「……」」

陸斗の言葉に、聡と美也子は呆けている。

「行きましょう」

陸斗に促されて店に入ると、怜が赤ちゃんを抱っこして待っていた。その横にはさくらが立っている。

「初めまして。月川さくらと申します」

「「……」」

聡も美也子も、目の前の光景が未《いま》だ受け入れられずにいた。

「おい」

怜が思わず呼びかけた。

「えっ、はっ!? あっ、ごめんなさい。怜の母の美也子です。れ、れ、怜が赤ちゃんを抱っこしてる……。しかも、怜の小さい頃にそっくり……」

母は目を潤ませて涙ぐんでいる。

「怜の父の聡です……」

聡も同様に目を潤ませて感無量の表情だ。

「怜さんとの間に桂を授かり、怜さんに知らせることなく私の判断で出産しました。驚かれましたよね。申し訳ありません」

深く頭を下げたさくらに、三人は慌てふためく。

「さくらは悪くない」

「そうよ！　感謝しているのよ」

「ああ。私達は嬉しいんだよ」

「さくらちゃんって呼んでもいいかしら？」

「はい」

「私達は、本当に嬉しいのよ。孫どころか、結婚すら諦めていたんだもの。冷酷だとか世間で言われている息子が、こんな優しい顔をして赤ちゃんを抱っこしているなんて……。まだ信じられないわ。私も抱っこしていいかしら？」

「もちろんです」

「桂くん、おばあちゃんよ」

怜の腕に抱かれている桂に向かって、美也子が手を差し出すと、桂がニコニコしながら手を伸ばした。

「天使だわ……」

「おじいちゃんだぞ」

聡も手を出すと、いつもの人見知りをすることなく抱っこされている。

「ねえ、私達が一晩桂くんの面倒を見たらダメかしら？　さくらちゃんの都合の良い日でいいの。万が一グズっても、怜と同じホテルに泊まっているから困らないし」

「……」

突然の美也子からの申し出に、さくらだけでなく怜も驚いている。だが、さくらとの二人の時間は怜にとって願ってもないチャンスだ。

「さくら、定休日の前夜でもダメか？」

「ダメとかじゃなくて、人に預けたことが今までなかったので……」

「もし桂が泣き止まないときは、すぐに迎えに行けばいい」

「じゃあ明後日が定休日なので、明日の夜でよければ」

「本当？　ありがとう」

こうして怜とさくらが再会後、初めて二人の時間を過ごす機会がやって来たのだ。

怜は今後のことをさくらと話し合うチャンスだと思っている。

両親も息子に似た孫にすでにメロメロだ。明日の夜が楽しみで仕方がない。

＊＊＊

翌日のランチ営業が終わる頃に、怜が店まで迎えに来た。そしていつものように、真っ先に桂の元に行って抱っこする。

「怜さん、お仕事は？」

「大丈夫だ」

何が大丈夫なのかわからないが、気にしなくても良いということなのだろう。前回と同じく、さくらは大きな荷物を持って店を出た。

「お願いします」

運転手の陸斗に声をかけて車へと乗り込んだ。怜が慣れた手つきで桂をチャイルドシートに乗せている。

ホテルに着くと、ロビーで怜の両親がそわそわとした様子で待ち構えていた。

「さくらちゃん、桂くん、いらっしゃい」

美也子が桂に向かって手を広げると、嬉しそうに手を伸ばした。突然存在を知らされたばかりの孫と祖父母とは思えない馴染みようで安心する。桂の男性に対する人見知りも、聡や陽にはないのだから不思議なものだ。

「部屋へ行きましょう。目立ってますよ」

駐車場に車を停めて大きな荷物を持ってロビーに入ってきた陸斗は、目立つ一行を部屋へと促す。

そして両親の部屋へ入って、さくらと怜、陸斗までもが驚いた。

両親の部屋は怜の隣のスイートルームだ。そこにはスイートルームには似つかわしくない、おもちゃやオムツや服がたくさん用意されていた。

「これは……」

思わず声を漏らした怜に対して、美也子が当然と言わんばかりに答える。

「赤ちゃんを預かるんだから、オムツは必要でしょう？　服もおもちゃも、桂くんの年齢に合うものを用意したのよ」

子育て経験のある母は、さすがと言うべきか。これだけ用意周到だと、手ぶらで来て何日も預けたとしても困らないだろう。

「あなた達はもう行きなさい。せっかくの機会なんだから二人の時間を楽しんで来て。孫は何人でも大歓迎よ」

美也子の言葉にさくらは思わず赤面する。怜はニヤリと笑って嬉しそうだ。

今まであまり感情が表情に出なかった息子のわかりやすい反応に、からかった美也子の方が驚かされる。

「じゃあ、何かあったら連絡をくれ。さくら、行こう」

「えっ、あっ、はい。よろしくお願いします」

「たまには一人の女性として、母であることを忘れて楽しむのも大事よ」

怜の母の美也子は、とても素敵な女性だった。黙って息子の子を産んだことに対して小言の一つでもあるのではないかと心配していたが、実際は無条件に受け入れて純粋に喜んでくれた。

桂を両親に預けたことで、再会してから初めて、本当に二人だけの貴重な時間を迎えた。桂はもちろん大切な存在だが、これからのことは二人にとって避けて通れない大切な問題なのだ。

怜はさくらの腰に手を回して、少しの隙間もないくらいにピッタリとくっついて廊下を進む。部屋に入った途端、怜の目の奥から桂に見せる優しい光が消える。飢えたケモノのような欲望があらわになり、さくらをロックオンしていた。

「俺は、あの夜からずっとさくらだけを愛している。俺の子供を産んでいたと知って本当に嬉しかった。俺と家族になってくれないか？」

「怜さん……。まさか、怜さんが私を探しているとは思わなくて。再会して、桂の存在を知られたら怒られると思っていたの。こんなに喜んでくれて、本当に嬉しい。ご両親にもあんなに良くしてもらって、感謝しているわ。桂も怜さんに懐いていて、やっぱりパパの存在は大きいんだと気づいたの。ただ、今はこの地を離れることは考えられなくて……」

「店で働くさくらの姿を見て、彩姉や常連さん達に可愛がられているのはわかっている。だから、今すぐに連れて帰るつもりはない」

「じゃあ……」

今の話だと、特にこれまでと変わることはないのだとさくらは思った。

だが、その後に続いたのは意外な言葉だった。

「まずは、二人と家族になるために籍を入れたい。書類上でも、ちゃんとさくらの夫と桂の父親になりたいんだ。生活は、さくらと桂とこの地で一緒に住めるように、神楽坂リゾート内に別荘を建てる。先日も話したように、神楽坂リゾートでカフェを開いてほしいと思っているんだ。彩姉にも、近々正式に依頼をする予定だ。俺は立場上、基本は東京に住むが、毎週二人のところに帰ってくる。こっちでもできる仕事もあるし、寂しい思いはさせないように努力する。たまには東京にも来てくれると嬉しい」

ここまで自分と桂を中心に考えてくれる怜に対して、断る理由はない。それに何よりも桂にはパパが必要だと、怜と再会してからさくらは強く感じている。

もちろん自分にとっても、怜はかけがえのない大切な存在だ。怜の想いを受けて、さくらは改めて素直な気持ちを伝える。

「怜さん、私達のために色々と考えてくださって、ありがとうございます。私にとっても桂にとっても、怜さんは特別な存在です。これからの未来、家族としてよろしくお願いします」

「さくら……」

長かったすれ違いから、怜の想いがようやくさくらに届いた。

怜がさくらの名前を呟いた瞬間に、さくらは強く抱きしめられていた。しっかりと、お互いを腕の中で感じることのできる温もり。

何度も繰り返されるキスの音が、部屋中に響く。

「さくら、この前はあの夜のやり直しだったが、今日はこれからの俺達夫婦としての始まりだ。覚悟してくれ」

「お手柔らかにお願いします」

照れながらも肯定の返事をしたさくらの身体は、次の瞬間には怜の腕に横抱きにされていた。

「自分で……」

「さくらを抱きかかえるのも、俺の楽しみの一つだ」

一直線に向かうは、スイートルームの寝室のベッドの上だ。さくらを寝かせて、怜は四つん這いで上から見下ろしている。

「愛してる」

言葉と同時に唇を塞《ふさ》がれた。角度を変えて、長いキスと共に手はさくらの胸を弄《もてあそ》ぶ。甘い刺激に翻弄されている間に、いつの間にか服を脱がされていた。まだ明るさの残る外からの光に、裸の身体が丸見えになり赤面する。

「怜さんっ、恥ずかしい」

「綺麗だ。恥ずかしがる暇はない」

言葉の通り、次の瞬間には、胸の先端を口に含まれ吸い上げられた。口の中で転がされては刺激され、身体がビクッと飛び跳ねる。反対の胸は先端を指で擦《こす》られては摘《つま》まれ、無意識に腰が浮く。

「んんっ……」

胸への刺激はそのままに、手はさくらの下半身へと下りていく。

下着の上から蜜口をなぞられて、ジワッと愛液が溢《あふ》れた。

「ああっん……」

「気持ちいいか？」

耳元でそう聞かれて息がかかり、絶妙な刺激になった。何も考えられなくなっているさくらを、怜のバリトンボイスが更に責めたてるのだ。

下着の上からだった手が横から差し入れられ、上下にヌルヌルと何度もなぞられる。潤い濡れているところからは、指の動きに合せてグチュグチュと卑猥な水音がした。

「あっ、そんなにしたらダメッ」

「ダメじゃなく、イイだろう？」

さくらが上りつめるまで、怜は刺激を緩めない。

「イクッ、イッちゃう」

口に含んでいた先端を甘噛みされた瞬間、さくらはビクビクと痙攣して頭が真っ白になった。そして息遣いが激しくなる。

怜のモノはすでにはち切れんばかりに膨張していて、我慢の限界を迎えていた。息を整えているさくらの横で素早くゴムをつけ、上から見下ろす。

「挿《い》れるぞ」

「えっ、待って」

「待てない」

切羽詰まった怜のモノが、濡れたさくらの蜜口から一気に最奥まで挿入《はい》った。

「あああっ」

あまりに強い刺激に、さくらはひときわ大きな声を上げる。

さくらの膣内《なか》はイッたばかりで、ビクビクと痙攣していて締めつけが強い。挿入《はい》ったばかりの怜だが、すでに持っていかれそうになっている。

「さくら、力を抜いてくれ。刺激が強い」

「無理～」

「ダメだ、我慢できない。動くぞ」

怜はさくらの両脚を大きく開いて激しく抽挿《ちゅうそう》を繰り返す。部屋には二人の身体のぶつかる音が響き、怜の最大限まで膨張したモノがさくらの膣壁《ちつへき》を擦《こす》り、ビチャビチャと卑猥な音を生み出していた。

「ああっ、イクッ」

「俺もだ」

目の前が真っ白になり、二人同時に果てた。

怜のモノが膣内から出て行くのでさえ、今のさくらには刺激になる。

「んっ」

悩ましい声が響き、その声が怜を刺激する。

「続きは風呂場で」

「えっ⁉」

抵抗する間もなく抱きかかえられて、バスルームまで運ばれる。バスタブにはお湯が張られていた。

さっとシャワーでお互いを洗い流して、向かい合ってバスタブに浸かる。視界の端に入る怜のモノはすでに臨戦態勢で、目のやり場に困る。

怜がさくらを引き寄せ、胸の先端を口に含んで刺激する。バスルームには、お湯の飛び跳ねる音とさくらの声が響き渡った。

愛撫されてトロンとしたさくらを持ち上げて、自身の上にゆっくりと下ろしていく。ゴムをつけていないので怜のモノがダイレクトに伝わり、さくらは驚いた。

「えっ」

「逆上《のぼ》せるからすぐに移動する。でも、もし子供ができたら産んでくれ」

すぐに怜のモノが抜かれてベッドへ舞い戻る。ナマで挿入《はい》ったのは一瞬だったが、怜の本気の想いがさくらに伝わってきた。

怜自身、初めて感じる衰えることを知らない自分の性欲に驚いていた。

さくらの身体の隅々まで余すところなく堪能する。

この日、長い時間を掛けて愛し合った二人はいつの間にか眠りについていた。

桂を預かっている怜の両親からの連絡もなく、ほんのひとときだが、さくらは母親から女性に戻って愛する男性と深く繋がり、一人の女として満たされた。

翌日、二人が目覚めたのは昼前だった。

慌てて桂のところに行くも、機嫌よく遊んでいた。グズることのない静かな夜を過ごし、両親も感心するほどだった。

## 第八章　ラスボス登場

怜とさくらが両親の部屋に合流してルームサービスを頼み、みんなで食事をする。陸斗もやって来たが、陽は仕事から抜け出せなかった。

怜と美也子が、桂の取り合いをしている姿が微笑ましい。

「あなた達、今後のことはきちんと話し合えたの？」

「ああ、さくらと籍を入れて、書類上でも正式に家族になる」

「まあ、さくらちゃんありがとう。本当に嬉しいわ。ねえ、あなた」

「嫁と孫ができるなんて、夢だと思っていた」

「私こそ、何とお礼を言っていいのか……。これから、よろしくお願いいたします」

「畏《かしこ》まらないで。何か怜に不満があったら、すぐに私に言ってね」

「ありがとうございます」

「不満がないように努力するつもりだ」

二人はすでに、息子である怜よりもさくらの強い味方だった。

「生活拠点は、どうするか決まったのか？」

聡は別荘の件もあって気にしている。さくらと桂が暮らしていくには、都会よりも慣れた場所がいいはずだと理解しているのだ。

「さくらと桂と一緒に、リゾート内の別荘で暮らすつもりだ。東京滞在の方が長いとは思うが、俺の気持ちはこっちが本宅だ。できるだけこっちにいたい」

「じゃあ、やはり私達にも別荘を用意してくれ」

「はあ？　本気か？」

「当たり前だ」

「陸斗……」

「はい。会長、この件は後日改めて連絡いたします」

話はどんどん進んでいく。

「結婚式はどうするんだ？」

「少し先になるが、神楽坂リゾートのオープンに式を挙げるのはどうだ？」

チャペルの建設も神楽坂リゾートの計画の中に入っている。

「さくらちゃん、まだ計画段階だから先になってしまうけどいいの？　もっと早くしたかったら、遠慮することないわよ」

「とんでもない。結婚式ができるだけで感謝です」

「怜、さくらちゃんや私達のためにも、早くリゾートを完成させなさいよ」

「また、無茶な……。大体のプランは決まっている。後は……」

「そういえば、メインが決まっていないらしいな」

「ああ。沖縄らしくないけど、沖縄の人にも観光客にも興味を持ってもらえるものが……。そこが決まれば一気に建設を進められる。さくら、沖縄にはなくて、いつか桂に経験させたいものって、何か思いつかないか？」

「えっ!?　沖縄にないもの。……雪？」

「「雪!?　それだ！」」

怜と陸斗が同時に叫んだ。何かインパクトのあるものが必要だった。簡単ではないが、検討する価値がある。何よりも話題になることは間違いない。

「何かヒントがあったようだが、もう一つ、大事なことを忘れているぞ」

「はあ？　何だ？」

聡の言葉に怜が不思議そうな顔をしたが、それこそが最難関かもしれない。

「私達は大賛成だが、親父にはまだ言ってないんだろう？　籍を入れる以前に、まずは親父に連絡しろよ」

そう、怜の両親は大賛成だが、祖父にはまだ何も報告していないのだ。

祖父の茂《しげる》は神楽坂グループの創業者で、世界的にも知られる著名人だ。間もなく八十歳になるが、小柄で背筋がピンと伸びた姿は存在感が半端ない。

「今、連絡してみる」

怜は善は急げとばかりにスマホを取り出した。周りは息を呑んで見守っている。

『はい』

「ご無沙汰しています。怜です」

『お主、何があった？』

「えっ？」

『声に深みがある』

「!?」

声だけで怜の変化がわかるらしい。さすがと言うべきなのか……

『で？　用件は？』

「はい。結婚したい相手がいます」

『ほう……』

両親の反応とは違って落ち着いている。賛成なのか反対なのか、声からは判断できない。

「驚かないんですね」

『驚いてはいる。どこの令嬢じゃ？』

「家柄は関係ありますか？」

『お主、今、何処《どこ》にいる？』

「今は、沖縄ですが……」

『わかった』

これだけの会話で一方的に電話を切られた。結局、その真意はわからないままだ。

「親父は何だって？」

「わからない……」

「どこにいるか聞かれたんだろう？　ここに来るつもりじゃないか？」

「はぁ……。かもな」

「あの〜、私の家柄では、お祖父《じい》様のお眼鏡に叶うとは思えないんですが……」

さくらには電話の向こうの祖父の声は聞こえなかったが、怜の言葉で内容は理解できた。

「さくらちゃん、お義父《とう》様は厳しいけど人を見る目はあるから心配しないで。さくらちゃんは素敵な女性よ。あとは怜次第ね」

「そうだよ。親父は頭ごなしに反対するようなタイプではないから」

「はい……」

すでに怜の息子まで存在する。不安だが、聡と美也子も味方してくれているから反対されないことを祈って向き合うしかない。

茂との電話が終わってすぐに、怜と陸斗は仕事へと戻っていった。さくらの発した『雪』のワードを早急に検討するつもりだった。

さくらは桂と聡と美也子と、のんびりした時間を過ごす。

「さくらちゃん、桂くんの生まれた時からの写真があったら、今度見せてもらえる？」

「はい、もちろんです」

さくらは自分の両親とは疎遠になったが、聡と美也子には自分の親以上の親しみと愛情を感じていた。

楽しいひとときを過ごしていると、電話の後すぐに沖縄行きの飛行機を手配したのだろう。両親と同じく予想以上の早さで祖父がやって来た。

フロントから連絡が入り、聡が迎えに向かう。

「やっぱりお義父《とう》様、早かったわね」

「緊張します」

「大丈夫よ。桂くんは私が抱っこしているわね」

「はい……」

聡と一緒に入って来たのは、威厳のある和装の似合う男性と、お付きの人らしいスーツ姿の厳《いか》つい男性だ。

「親父、紹介する」

怜がいない今、聡が間を取りもつためにと話しかけたが、なぜか茂は返事もせずに目を見開いて固まっている。

「親父？」

「さ、さ、さくちゃん⁉」

「「えっ⁉」」

「さくちゃんじゃないのか？　ワシは、しげちゃんじゃ」

「あっ、しげちゃん！」

「「しげちゃん⁉」」

「さくちゃん、会いたかったぞ〜」

そしてさくらに近寄り、嬉しそうに手を握りしめたのだ。

「お久しぶりですね！　お元気そうで良かったです」

「さくちゃんのお陰じゃよ。本田《ほんだ》、お主も覚えておるだろう？」

「はい。その節は、大変お世話になりました」

厳《いか》ついスーツ姿の本田と呼ばれた男性も、茂《しげる》が『さくちゃん』と呼んだことで、さくらのことを思い出していた。

「お義父《とう》様、さくらちゃんと知り合いなんですか？」

「さくちゃんは、ワシの命の恩人じゃ」

「命の恩人なんて、大袈裟です」

「そんなことはない。本当に感謝しているんじゃ。あの時、さくちゃんが助けてくれなかったらどうなっていたことか……」

＊＊＊

さくらが田崎ホールディングスで秘書課へ異動し、悠太の秘書になる前の研修期間の頃だった。秘書課の先輩に急な来客があって、さくらが急遽代役で書類を届けに出ることになった。秘書課での仕事はまだまだ教えてもらうことが多く、今まで社内でも顔を合わせることのなかった重役や、訪れる来客の対応で日々緊張の連続だった。

一人で外出することも、それが初めてだった。徒歩で十分程度の距離でも、社外の空気を吸うと一瞬だが息抜きになる。無事に書類を届けて来た道を戻っている時のことだった。

歩道から見える公園に視線を向けると、ベンチに座っている着物姿の小柄な年配の男性が、胸を押さえてうずくまっている。

ただ前屈みになっているだけかもしれないが、万が一でも体調を崩していては大変だと走り寄った。

「大丈夫ですか？」

さくらの声に男性は一瞬顔を上げたが、顔色が悪くて額には冷や汗を浮かべ、まともに喋れない様子だ。

「今、救急車を呼びますから」

さくらは必死に声を掛けながらスマホを手にした。

「五分ほどで到着するようです。どこか連絡を入れるところはありませんか？」

家族に連絡をした方がいいだろうと声をかけた。すると、男性が握りしめていた二つ折りの携帯を差し出してきたのだ。

さくらが預かった途端に、携帯から着信音が鳴り響く。画面には『本田』と出ている。迷っている暇はないと、さくらは男性の携帯に出た。

「もしもし」

「えっ……？」

戸惑いの声が聞こえる。それはそうだろう。男性の携帯に掛けたはずが、突然女性の声が聞こえてきたのだから……

「すみません。通りすがりの者ですが、この携帯の持ち主の男性が、公園で体調を崩されているところに居合わせまして、今救急車を呼んで待っているところです」

「ええっ⁉」

その時、遠くから救急車のサイレンが聞こえて来た。

「どうしましょうか？」

「大変申し訳ないのですが、このまま救急隊員にその携帯を渡していただけますか？　本人の情報が必要だと思いますので」

「わかりました」

到着した救急隊員に状況を説明して携帯を渡した。話を終えた救急隊員が携帯の相手からの伝言をさくらに伝えてくれた。

「大変感謝されていました。かかりつけの楠田《くすだ》総合病院へ搬送します」

そしてサイレンを鳴らして走り去って行った。

往復で三十分ほどの外出に一時間くらい掛かってしまい、先輩からは嫌味を言われたが、間違ったことはしていないとさくらは思った。

搬送された男性の様子が気になって、仕事帰りに楠田総合病院へ寄ってみた。

受付で昼間に救急車で運ばれた男性のことを尋ねたが、個人情報は教えられないと言われてしまった。

「もしかして、救急車を呼んでくれた方ですか？」

その時、たまたま通りかかった厳《いか》つい男性に声を掛けられたのだ。

「えっ？」

「着物姿の男性を助けてくださった方ではないですか？　私《わたくし》は本田と申します」

「あっ、着信の」

「はい。このたびはありがとうございました」

「いえ。その後、お加減はいかがですか？　気になってしまって」

「はい。すぐに救急車を呼んでいただいて、処置が速かったので、容態は落ち着きました」

「それは良かったです」

「ぜひ、本人に会って下さい」

「そんな、無事を確認できて安心しました」

「会長も喜びます」

「会長!?」

ここで帰してしまっては自分が怒られてしまうと言われて、さくらは病室まで連れて行かれた。

着いた先は、他とは違う特別な個室だった。所謂《いわゆる》ＶＩＰルームという部屋だ。

「会長、助けてくださったお嬢さんが、容態を気にして来てくれました」

「おお。ありがとう。苦しいながらに、優しく声をかけてくれた人の記憶はある。あと少し遅かったら、大変なことになっていたと医者に言われたよ」

「ご無事で良かったです」

それから何度か、話し相手として退院するまでお見舞いに訪れた。自己紹介はしたはずだが、いつからか『さくちゃん』『しげちゃん』と呼び合い、フルネームを忘れてしまった。

退院する頃に改めてお礼をしたいと言われたが、当たり前のことをしただけだと丁重にお断りした。そしてさくらの仕事が忙しくなり、それっきりになってしまったのだ。

＊＊＊

さくらと茂が知り合いだったという意外な展開になった。

「まさか怜の相手がさくちゃんだったなんて、驚きと喜びでいっぱいじゃ」

「しげちゃん、私では家柄が釣り合わないと思うの」

「ワシはさくちゃんがいいぞ！」

「お義父《とう》様、結婚に反対じゃないんですね」

「もちろんじゃ。さくちゃんが相手なら反対する理由がない。ところで、美也子さんの抱っこしておる怜そっくりの赤子は……」

「息子の桂です」

「なんと！　ワシのひ孫か！　たまげた。息子までいるというのに、怜の奴は何をしておる」

「しげちゃん、怜さんは悪くないの。私の判断で産んで、怜さんは最近まで桂の存在を知らなかったの」

「さくちゃん、それは違うぞ。何もなければ赤子などできぬ。神楽坂を背負う怜だからこそ、細心の注意を払っているはずだ。惚れた女を逃した訳だろう？　情けない」

怜は、まさか自分のいないところで話がこういう方向に進んでいるとは思いもしないだろう。

「さくらちゃん、これで何も問題はなくなったわね」

「それにしても、親父を助けてくれたのが、さくらちゃんだったなんて……。さくらちゃんは神楽坂と縁があったんだな。その節は世話になったね」

「ワシの目の黒いうちに、怜が結婚できるとは思わなかった。しかも、ひ孫まで。美也子さん、ワシにもひ孫を抱かせてくれんか？」

美也子に代わって茂の腕に抱かれても機嫌の良い桂は、神楽坂家の人間を虜《とりこ》にしてしまった。

仕事が終わって戻ってきた三人は、驚きの光景に絶句した。

神楽坂では一目置かれて恐れられている存在の茂が、桂と遊んでいるではないか。何が起きたのか理解できない。電話の様子からして、てっきり反対しに来るものだと思っていたのだ。

「お疲れ様です」

三人が、戻ったことに気づいたさくらが声を掛ける。

「これは一体？」

「しげちゃんが、桂と遊んでくれているの」

「「しげちゃん!?」」

「ウッ」

三人の大声に桂が驚き、泣きそうになった。すかさず怜が近寄り、抱き上げる。

茂も怜の表情を見て驚いている。こんなに優しく笑う孫の顔を見るのは、いつ以来だろうか。遠い子供の頃を思い出す。

「あの～」

陽が声を潜めてさくらに聞く。

「はい」

「『しげちゃん』というのは？」

「お祖父様《じい》を以前から知っていて、その時はそう呼んでいたのでつい……。失礼でしたね。なんてお呼びしたらいいでしょうか？」

「さくちゃん、そのままでいい」

祖父にも会話が聞こえていた。

「「さくちゃん!?」」

三人の驚く声が部屋中に響き渡る。

心配していたラスボスは、さくらのお陰であっさりとクリアすることができた。

# 第九章　本物の家族と過去の人

祖父の茂にも認められ、すぐに怜とさくらは籍を入れて晴れて夫婦となった。二年以上の年月を越えて、本来の幸せを手に入れたのだ。

結局、世間に公表するのはもう少し先になった。今は東京と沖縄を行き来する怜には、ずっと二人の側にいられないため、常に不安がつきまとうことになる。

神楽坂リゾートは、さくらの『雪』の一言からヒントを得て、沖縄の地に屋内の人工スキー場とスケートリンクの建設を決めた。一気にプロジェクト全体が動き出したのだ。

一ヶ月の予定で沖縄へ視察に来ていた怜は、それを少し過ぎて一度東京に戻った。

無事に怜の家族に認められて籍を入れたことで、さくらと桂を戸籍上でもやっと正式に手に入れることができたのだ。

もちろんさくらと桂から離れたくはないが、神楽坂だけでなく二人の人生を背負う責任が新たに加わり、より一層気が引き締まった。籍を入れたことで、二人と離れることへの不安が軽減されたこともまた大きいのだ。

神楽坂リゾート内に別荘が完成するまで、毎回ホテルに滞在だと落ち着かない。さくらと桂との時間を大切にしたいと、『彩』の近くで売りに出ていたリゾートマンションを買った。

怜が沖縄にいない間は、さくらは今まで通り店の裏に住み、怜が沖縄に滞在中は購入したマンションで過ごす。

怜が東京に戻ってマンションが空いている時は、茂と怜の両親が二人に会いに来て滞在するのに使用したいと言われた。

リゾートマンションを購入すると聞いた時、さくらは驚いて反対した。もちろん怜に会いたいし、会いに来てくれるのは嬉しいが、人気の地域に建てられたまだ新しいマンションは驚くほど高価格なのを知っていたからだ。

販売を開始した時は地元でも大きな話題になった。そして今回たまたま売りに出ていた部屋が、最上階のペントハウスだけだった。

高台からは海が見える絶好のロケーションのそのマンションは、販売当時、あっという間に完売していて、タイミングよく売り物件があったことに驚いた。

店からも歩いて十五分程度とかなり近い。神楽坂家が満場一致で購入を決めた。さくらに鍵を預けて、いつでも出入りをしていいと言われたが、桂と二人では広過ぎる。

そして東京に戻った怜からは、毎日必ず連絡が入った。

「さくら、何か変わったことはないか？」

「うん」

「早く会いたい……」

「私も」

「早く抱きたい……」

「……」

いつも、さくらが赤面するような言葉を囁き、電話が切られる。数日前に沖縄へ来たばかりなのに、お互いにもう恋しいのだ。さくらからは敬語が抜け、二人の関係はより親密になっている。

『神楽坂さくら』となり、働く必要のない社長夫人の立場になった今も、さくらはこれまでと何も変わらなかった。だからこそ怜を、そして周囲の人達をも魅了するのだろう。怜からはさくら名義のクレジットカードも渡されたが、それも今のところ出番はない。

さくらの結婚に複雑な心境になる常連客もいたが、さすがに相手が怜だと諦めざるを得なかった。ハイスペックなイケメン御曹司様に叶うはずがないのだ。何より桂の父親だから、最初から勝ち目はない。

「さくらちゃん、ランチプレート一つ」

「は～い」

「あっ、俺は食後のコーヒー」

「は～い」

注文が飛び交い、店はいつも通りにぎやかだ。

「次、ダンナはいつ来るんだ？」

常連客の中では、怜の呼び方がすっかりダンナで定着してしまった。

「今週末かな？」

「先週も来てなかったか？」

「うん、来てたよ」

東京と沖縄間を月に何度も往復している。一般人なら交通費を心配するところだが、神楽坂の御曹司には気にもならないのだろう。

休めそうな日が一日あっただけで、こちらへ飛んで来る勢いだ。

神楽坂リゾートの全貌がマスコミに発表されて、世間は騒いで注目している。怜が頻繁に沖縄を訪れても不審に思われることはない。


週末、仕事を終えたさくらはベビーカーを押して怜のマンションを目指した。今夜帰って来ると連絡があったのだ。

店で夕食の下ごしらえをして、持って来ている。あとは仕上げをするだけの状態だ。

桂も怜に会えるとわかっているようで機嫌が良い。

もう何度も訪れているマンションだが、毎回緊張してしまって一向に慣れない。最上階の部屋へは専用エレベーターで向かう。

最近ではよちよち歩きを始めた桂から目が離せないが、マンションの広々としたリビングには大きなベビーサークルを置き、そこにクッションマットを敷き詰めている。桂が安心して動き回れる空間になっているのだ。

初めてマンションを訪れた時に、桂に危ないと思った怜が美也子に聞いて用意してくれた。何もかも完璧なパパでダンナ様なのだ。

食事の準備をして待っていたが、仕事が長引いて最終便になると連絡が入った。桂に先に食べさせて、そのままお風呂に入れる。湯船に入って疲れた桂は、怜を待つことなく寝てしまった。

桂をベビーベッドに寝かせていると、玄関から鍵を開ける音がする。

リビングの奥の寝室の扉を開けていたので、怜が気づいて入って来た。

「お帰りなさい」

「ただいま」

「今、寝たところなの」

「一足遅かったな」

桂を起こさないように小声で会話をする。怜がベビーベッドの中ですやすや眠るわが子を見ている間に、食事の準備をしようと思った。リビングへ向かおうとしたさくらを、怜が引き止める。

「さくら、まだキスもしてない」

言葉と同時に唇が塞《ふさ》がれる。

「んっ……」

さくらの鼻に抜けるような色っぽい声に煽られて、貪《むさぼ》るような深いキスが続く。

「ダメだ、我慢できない」

「食事は？」

「今は食事よりさくらだ」

最近では朝まで桂が起きることはない。怜は安心して隣のベッドにさくらを押し倒した。

「会いたかった……。一週間が長過ぎる」

怜の熱っぽい目が、さくらの視線を捉えて離さない。

キスを繰り返しながらも、手はさくらのパジャマの中へと侵入する。風呂上がりのパジャマの下はブラジャーをつけておらず、ダイレクトに怜の手がさくらの胸を揉みしだき、愛撫する。

キスをしながら片手で器用にパジャマを脱がせ、もう片方の手で胸の先端を摘《つま》み、強い刺激が与えられた。

「ああっ、んんっ」

キスで塞《ふさ》いでいた口から漏れる喘ぎ声に煽られて、怜が唇を下へと移動させていく。怜の唇が首元を通る時にチクッとした刺激を感じた。そしてさくらの胸まで下りてきて、口へと含んだのだ。先端を舌で転がしながら、時折強めに吸い上げる。もう片方の胸は、揉まれ捏《こ》ねられを繰り返し、身体がビクビクと反応する。

口と手で巧みに刺激を与えられて、さくらはすでにイキそうだった。

「怜さん待って、イッちゃう」

「ああ、何度でもイッてくれ」

「ああっ」

胸元に息がかかった瞬間、ひときわ大きい喘ぎ声が響き、ビクビクと身体が痙攣する。

ハアハアと荒い息を繰り返しているさくらの下半身へ、手が下りていく。

「待って！」

「待てない」

言葉と同時に、手は下着の中に差し入れられた。

グチュ――

すでに濡れて卑猥な音を奏でるさくらの蜜口が、怜の手によって更に擦《こす》られて刺激される。

指が何度も蜜口を上下すると、膣内《なか》から愛液が溢《あふ》れてきた。

「ハアッ」

膣内《なか》からせり上がってくる疼《うず》きと、蜜口からダイレクトに伝わる愛撫に、快感が止まらない。

「ダメッ、またイッちゃう」

あまりの気持ちよさにビクビクと更に痙攣が大きくなる。ぐったりするさくらを横目に、怜は自分の服を脱ぎ捨て、限界まで反り立って膨張したモノにゴムをつけた。

さくらの上に跨り、自分のモノをヌルヌルとしたさくらの蜜口に擦《こす》りつける。

「あっ」

敏感になっているさくらの身体は、少し擦《こす》られただけで反応してしまう。

さくらの色っぽい声とヌルヌルと擦《こす》れる刺激に、怜はとうとう我慢できなくなり、一気にさくらの最奥まで貫いた。

「ああんっ」

怜のモノが奥まで挿入《はい》り、子宮口まで届いている。膣内が収縮を繰り返して、怜のモノを締めつけた。挿入《いれ》たばかりの怜は、イッてしまいそうになった。

さくらを抱きしめてキスをしながら、一旦刺激を逃がして気持ちを落ち着ける。

少し波が引いたところで、今度はゆるゆると軽くピストンを始めた。

膣壁《ちつへき》が擦《こす》られて気持ちいいが、焦らされている動きに翻弄されたさくらは思わず声に出す。

「もっと……」

「さくら、反則……」

耐えていた怜が、さくらの言葉で動きを速めた。肌と肌のぶつかり合う音とグチュグチュと濡れた音が、室内に響く。

「さくら、愛してる」

言葉と同時に怜が最奥まで到達して、二人で果てた。

「ハァハァ……」

二人の荒い息遣いと微かに聞こえる桂の寝息。

一度で怜の欲が満たされるはずもなく、まだまださくらは愛される。

そしていつものように、さくらは気絶するように眠りにつき、怜はやっと満足するのだった。

冷酷王子は、最近では冷酷と言われることもなくなり、王子は姫を溺愛している。

愛を知った怜は、守るべき大切な存在ができた。世間でも怜の変化は話題になるほどだった。真実の愛を手に入れて、公私共に充実している男は最強なのだ。

## 第十章　出産と結婚発表

神楽坂リゾートの建設が着工してから、二年の年月が経った。

怜の別荘はすでに完成していて、今も東京と沖縄を頻繁に往復している。

桂は三歳を過ぎてすっかり赤ちゃんではなくなり、今では怜が沖縄を離れている間はさくらを守ってくれる頼もしい存在だ。

怜が沖縄に滞在中は、マンションか別荘のどちらかで過ごしている。怜と桂が二人で別荘で過ごすこともあるのだ。沖縄の限られた場所で過ごしているからか、まださくらと桂の存在は世間にバしていないが、そろそろ限界だと怜は感じていた。

「さくら、体調はどうだ？」

「大丈夫よ」

そう、今のさくらのお腹の中には怜との赤ちゃんがいて、なんと双子なのだ。七ヶ月を迎えたお腹は、今にもはちきれんばかりに大きくなっている。

半年後にレセプションパーティーがあり、神楽坂リゾートの全貌を発表する。その時、さくらと桂の存在を世間に発表することは妊娠の前から決まっていた。妊娠が発覚して日程の変更も検討したが、大きなプロジェクトをずらすとなると莫大な費用が掛かってしまう。すでに神楽坂リゾートのグランドオープンを一年後と具体的に発表して、オープンから一ヶ月分の予約を受け付けたが、一瞬で満室になってしまった。

「出産後すぐではないし、心配しなくても大丈夫よ。お義母様《かあ》も臨月になったからこちらへ来て、レセプションパーティーまでずっとついていてくれるから」

今や美也子は、さくらにとっては本当の母以上の存在だ。

怜と籍を入れた際に、さくらは疎遠になっている両親に連絡を入れてみた。しかし両親共に新しい家庭を持っているせいか、さくらの結婚にも無関心で、怜を紹介することもなく終わった。

「無理はしないでくれよ」

「わかっているわ。怜こそ忙しいのに、東京と沖縄の往復で大変でしょう？　無理しないでね。怜にはずっと元気でいてもらわないと」

「ああ。桂の成長も双子の誕生も楽しみだ。まだまだ俺は頑張るぞ」

さくらは今では怜と呼ぶようになった。怜のさくらへの溺愛ぶりは、いつまた子供ができてもおかしくないほどで、皆もそれを待ち望んでいた。

茂も年齢を感じさせないフットワークの軽さで、怜以上に沖縄に滞在している。

この地へ来て彩葉に出会い、桂を妊娠していることがわかって、さくらは怜の存在がなくても幸せだと思っていた。

だが再会してからは、桂の父親として、自分の夫として、怜の存在はさくらにとってなくてはならない大きなものになっている。

さくらが妊娠六ヶ月に入った時に、『彩』でのランチ営業は止めることにした。常連客も、さくらの体調を心配してその方がいいと言ってくれたのだ。

次にさくらがカフェとランチの営業をするのは、出産後の神楽坂リゾート内になる。別荘のエリアにログハウス風のカフェがすでに完成済みで、常連客達も今から楽しみにしてくれている。

『ちゅらかーぎー彩』は、店長として働いてくれる人材を彩葉が雇って、今は店を任せられるまでに育っている。

神楽坂リゾート内に二号店をオープンすることが正式に決まり、彩葉も忙しい毎日を過ごしている。

さくらにとって彩葉は特別な存在だが、彩葉にとっても同様で、さくらと出会ったことで新しい未来を歩むことになった。

「あやねえちゃん」

「何？」

「あかちゃん、かわいい？」

身近に赤ちゃんのいない桂が、彩葉に聞いている。さくらと彩葉に育てられた桂にとっては、彩葉は母親のさくら同様に大切で、なくてはならない存在なのだ。

「可愛いわよ。桂の赤ちゃんの時も、すっごく可愛かったのよ」

「たのしみ」

「私もよ。いっぱい可愛がってあげようね、お兄ちゃん」

「へへッ。うん」

たくさんの人から愛情たっぷりに可愛がられて育った桂は父親に似たイケメンで、周囲の人々を魅了する。茂に、聡と美也子に、陽まで揃ってメロメロだ。

さくらは一旦店を辞めたことで桂と過ごす時間が増えた。可愛いわが子の成長を、沖縄の地でのんびりと見られることが幸せだ。

怜は、さくらと桂の居場所はここだと言わんばかりに、東京へ戻る話は一切しない。

「ママ、パパは？」

「今日が木曜日でしょ？　次は土曜日って言ってたから、今日寝て、明日寝て……あと二回寝たら会えるわよ」

「やったー。じゃあ、あかちゃんは？」

「赤ちゃんは、まだもう少しママのお腹の中で大きくなるの。パパが来たら一緒に病院へ行くから、お腹の中の赤ちゃんの写真がもらえるわよ」

「しゃしん？」

「そう。よくパパやママが桂の写真撮るでしょう？」

「チーズ？」

「そうね。病院では、お腹の中の赤ちゃんの写真を撮ってくれるのよ」

「ぼくのあかちゃん？」

「桂の妹だね」

さくらのお腹の中の赤ちゃんは、女の子の双子なのだ。今、怜が一生懸命名前を考えている。

病院では、今のところ特に問題はないが無理はしないようにと言われた。

「あかちゃんのしゃしん」

「桂は、赤ちゃんの写真を知っているのか？」

「ぼくのいもうと」

「ああ、楽しみだな」

「パパも？」

「ああ、家族が増えてにぎやかになるぞ」

「いもうとふたり」

「そうだな。お兄ちゃん頼んだぞ」

「うん！」

素直な桂に癒やされて、仕事の疲れも一瞬で吹っ飛ぶ。まだ家族の存在を世間に公表していないため、沖縄に向かう飛行機の中でキャビンアテンダントに声を掛けられて苛立つフライトだった。早く発表したい思いと、マスコミに嗅ぎつけられたら家族を危険に晒すことになるのではないかと、不安な気持ちもあって葛藤する。

最近はさくらが店へ行くことがなくなり、別荘に滞在する時間が長くなった。神楽坂リゾートの別荘エリアでも、ひときわ大きく目立つ豪邸で客室も多く、怜がいない時には彩葉が泊まりに来ることもある。セキュリティが万全で、怜にとっては離れていても安心できる場所なのだ。

リビングでのんびりと過ごす休日の午後、桂は怜がお土産に買ってきた恐竜の絵本に夢中になっている。

「名前は決まったの？」

「蘭《らん》と椿《つばき》でどうだ？」

「花の名前？」

「ああ、さくらとは季節が違うが、花の名前にしたかったんだ。後は、俺や桂と同じで漢字一文字がいいかと思って」

「蘭と椿、すっごく素敵」

さくらが何度も名前を呟いていると、桂が絵本を置いてやって来た。

「なに？」

「赤ちゃんの名前だ」

「なまえ？」

「ああ、蘭と椿だ」

「らんちゃんと、つばちゃん？」

「そうだ。上手に言えたな」

「ぼく、おにいちゃんだから」

「桂は賢いな」

以前ほどではないにしろ、相変わらず会社では厳しい怜も、家に帰れば親バカ全開だ。

無事に娘達が産まれてくることを心から願っている。桂の時は、その存在すら知らなかった。さくらがわが子を産んでいた喜びと同時に、赤ちゃんの時の桂の成長を見られなかった残念さも感じた。

今回は、絶対に出産に立ち会いたかった。臨月になると、美也子が別荘に滞在して面倒を見てくれる。だが怜も可能な限り、沖縄で仕事ができるように調整していた。

＊＊＊

臨月になるとさくらのお腹は、桂の時と比べものにならないほど大きくなった。

病院でも、もういつ産まれても問題ないと言われている。

「さくらちゃん、無理しないで何かあったら、すぐに言ってね」

「はい。ありがとうございます」

「ばあば、あかちゃんうまれるの？」

「まだ、もう少しよ。楽しみね」

「うん」

怜は東京での仕事が残っていて、まだ沖縄には戻っていない。

「さくらちゃん、桂の時と大きさが全然違うわね」

前回の出産を間近で見ていた彩葉ですら、驚く大きさだ。彩葉も神楽坂リゾートでの打ち合わせのたびに、別荘へ寄ってくれる。

「そういえば前回は初産だし、時間が掛かったんじゃないの？」

「それが病院に着いた時には、歩けないくらい進んでいましたよ」

「あらそうなの？」

「私、痛みであまり記憶がなくて……。彩姉が言うなら間違いないです」

彩葉と美也子もすでに馴染んでいる。

「今回も安産だといいわね」

「はい」

そんな会話をしていた翌日のことだった。

朝、下半身の鈍い痛みで目が覚めたのだ。

「ん？　痛っ」

陣痛だろうか？　すぐに痛みは引いたが、念のために時計を見た。もっと痛いはずだが、十分ほどで同じような痛みがやって来る。

痛みが引いたタイミングで寝室からリビングに移動した。臨月に入ってから、桂はばあばと寝ているのだ。

リビングではすでに桂が起きていて、朝食を食べている。

「さくらちゃん、おはよう」

「おはようございます」

「あら？　顔色が悪い？」

「朝から、下半身に痛みがあって……」

「えっ⁉　陣痛じゃないの？」

「十分置きに痛みはあるんですが、まだそこまで痛くないような……」

「初産じゃないし、一気に進むかもしれないわ。病院と怜に連絡を入れるわね」

「はい。お願いします」

病院に連絡を入れると、すぐに来てくださいと言われた。準備をしながら、美也子が怜に連絡を入れる。美也子からの連絡に、怜がワンコールで電話に出た。

『朝からどうした⁉』

「さくらちゃん、朝から定期的に痛みが来ているみたいだから、今から病院へ行くわ」

『産まれるのか？』

「まだわからないけど、経産婦さんだし、早いかもね」

『陸斗！』

電話の向こうから、怜が慌てている声が聞こえてくる。

『ちょうど、陽が神楽坂リゾートに着いたところみたいだ。そちらに向かわせるから、病院に連れて行ってもらってくれ。俺もすぐに向かう』

一方的に用件を伝えて電話は切れた。そして数分して陽が現れた。

「お待たせ。兄さんから連絡があって」

「タイミングよくこちらに来ていたのね」

「今、着いたばかりなんだ。陸斗さんと電話で話をしていたら、突然兄さんに代わって、すぐに別荘へ行けと言われた」

「は、はい……。少し収まるのを待ってもらえますか？」

「桂くんもいるし、助かったわ。じゃあ行きましょう。さくらちゃん、歩ける？」

「もちろんよ。荷物を先に積んでもらうわ、陽」

「はいはい、これね。先に桂と車へ行って、チャイルドシートに乗せておくよ」

「頼むわね」

すぐにさくらの痛みは収まり、今のうちだと車に向かう。

「お願いします」

「大丈夫？　兄さんは間に合うかな？」

「まだ痛みは弱い気がするので、もう少しかかるんじゃないかと」

「そうね。まだ下がってきている感じはしないわね」

「ママ、あかちゃん？」

「そうよ。桂お兄ちゃんよろしくね」

「うん！」

チャイルドシートからキラキラした笑顔で返事をするわが子を見て、励まされる。

車が病院に着くと、前回の出産同様、看護師が車椅子を用意して入口で待っていた。

「どうですか？」

「はい。まだ電話の時と変わらず、十分間隔です」

「じゃあ、診察室に案内するので座って下さい。お腹がかなり重いでしょう」

「ありがとうございます」

さくらが運ばれていく姿を見届けて、陽が美也子に声をかける。

「すぐには産まれないだろうし、桂を見ているよ」

「そうね。どれくらいかかるかわからないし、病院にいても退屈よね。また連絡するわ。あっ、お義父《とう》様達にも、連絡を入れておいてね」

後のことは陽に託して、美也子はさくらの元へ向かう。いよいよ誕生する新しい命に、みんなの気持ちが浮き足立つ。

診察してもらった結果、子宮口の開きは三センチと、桂の時よりは余裕を持って病院に着くことができた。その後も間隔は少しずつ縮まり、定期的に痛みはやって来る。

すでに病院に来てから三時間ほど経っていた。美也子が背中をさすってくれたり汗を拭いてくれたりと、さくらは痛みと闘いながらも励まされた。

五分間隔を切り、痛みが更に大きくなった。子宮口も七センチまで開いて、ここまで来ると前回は早かった。まだ動ける間に分娩室へと移動する。

「さくらちゃん、頑張ってね」

「はい」

分娩室の前で見送られて中へ入る。かなりの痛みが押し寄せたが、急に胃の圧迫感がなくなった。

その時――

「さくら！」

怜が慌てた様子で分娩室へ飛び込んできた。

「怜……んっ」

その瞬間、安堵と共に、今までで一番強い痛みが押し寄せた。

「神楽坂さん、子宮口が全開です。次の痛みが来たら思いっきりいきんで下さい」

「はい……」

手を握って心配そうに見守る怜と、汗だくのさくら。

怜には、さくらの汗がキラキラと輝いて見えていた。

パーティーで出会い、一夜を共にし、手に入れたはずだったのに、二年もの間すれ違ってしまった。

再会を果たしてからは、子供の存在に驚き、喜んだ。そして今、籍を入れてやっと家族として歩み出した。何年経ってもさくらへの愛は変わらず溢《あふ》れている。

そしてこの瞬間、更に愛する家族が増え、守るべきものが誕生する。

「オギャー」

分娩室に響く元気な泣き声。

「おめでとうございます。元気な女の子です。神楽坂さん、あともう一人、頑張って」

「はい……」

怜の目からはすでに大粒の涙が溢《あふ》れ、産まれた瞬間のわが子がぼやけて見える。一人目は連れて行かれ、さくらはもう一度やって来る痛みに顔を歪めた。

「さあ、次の痛みが来たらいきんで」

「はい」

初めて出産に立ち合った怜は、改めてわが子がこの世に生まれた喜びと、感動を噛みしめている。

「んんっ」

「オッ、オッギャー」

泣き声は違うが、二人目も無事に生まれた。

「さくら、ありがとう」

次から次へと溢《あふ》れる涙を隠すことなく流している怜に、さくらの疲れと痛みも吹き飛ぶ。

「私こそ、怜のお陰ですごく幸せよ。ありがとう」

お互いが感謝の気持ちで溢《あふ》れている。

そこへ綺麗にしてもらった双子が連れて来られた。

「おめでとうございます。一人目が二千三百二十グラムで、二人目が二千二百二十グラムです」

「「ありがとうございます」」

まだ産まれたばかりで、小さく真っ赤だ。だが、一生懸命に手足を動かしている。

「決めた！　この子が椿でこの子が蘭だ」

一人目に産まれた子が椿、二人目が蘭だと、怜がわが子を見て決めたのだ。

さくらが分娩室から出た頃には、神楽坂家が勢揃いしていた。

「さくらちゃん、おめでとう」

「さくらちゃん、お疲れ様」

「さくらちゃん、ありがとう」

みんなが口々に、さくらへ感謝と労いの言葉を伝える。

「ママ、いもうとみたよ。かわいかった」

「桂お兄ちゃん、椿と蘭をよろしくね」

「うん！」

さくらの新たな生活が始まった。

新生児との生活は大変だ。しかも、今回は双子なのだ。だが、神楽坂家の完璧なサポートで、子育てが楽だと感じる。美也子だけでなく、聡までもが率先して育児をしてくれるのだ。

桂も穏やかな性格で、妹達の面倒をよく見てくれて助かっている。桂が声を掛けると泣き止む双子。お兄ちゃんだとわかっているようだ。

＊＊＊

いよいよ、半年後のグランドオープンを控えて、レセプションパーティーが開かれる。

別荘エリアは、販売と同時にあっという間に完売してしまった。

国内外のセレブを招待して、マスコミもたくさんやって来る。神楽坂グループ傘下企業の重役達も出席する。

事前に、社長から重大発表があるとだけ伝えられ、世間では色々な憶測が飛んでいたが、なぜかそれが結婚だと予想した者は一人もいなかった。

怜の表情や雰囲気が以前よりも柔らかくなっていることには、何があったのかと社員の間でも話題にはなっていたが、結婚とは結びつかなかったようだ。

出産後、すぐに元の体型に戻ったさくらは、怜からプレゼントされたドレスを着て誰よりも輝いている。

桂は怜と揃いのスーツを着て父子でキマっている。双子はすでに首も座り、お揃いのドレスを着た姿が何とも愛らしい。

大勢の招待客の視線は、舞台に立つ怜へと向けられていた。

舞台には神楽坂グループ社長の怜、司会をしている陸斗、会長である聡、創業者の茂が並ぶ。

「本日はお忙しい中、神楽坂リゾートのレセプションパーティーに御参加賜り、ありがとうございます。神楽坂グループ社長、神楽坂怜より皆様にご挨拶させていただきます」

陸斗から紹介されてマイクの前に立つ怜は、まだ若いけれど貫禄があった。一礼するだけで、周囲の視線を惹きつけるのだ。

「本日はお忙しい中、お越しいただき、ありがとうございます。神楽坂グループがこの地に総力をかけて建設しております、神楽坂リゾートのグランドオープンが半年後に迫り、平素より格別のご愛顧を賜る皆様に、一足先にお披露目させていただきたくこの日を迎えました。まだまだ準備中ではございますが、神楽坂リゾートを楽しんでいただければ幸いです」

盛大な拍手が湧き起こる。

「ありがとうございます。……私事ではありますが、ここで紹介させていただきたい人がいます」

会場が一気にざわつく。裏で控えていたさくらは、ふと数年前に自分の彼氏だと思っていた人が婚約者を紹介した瞬間を思い出した。

だが、今はもう何とも思わない。怜があの日、最悪な出来事を最高のものへと塗り替えてくれたのだから……

「さくら」

舞台上から名前を呼ばれ、さくらが椿を、美也子が蘭を抱っこした状態で、桂も一緒に怜の横まで進む。

会場のどよめきも、マスコミのカメラのフラッシュ音も最高潮に達した。

「妻のさくらと息子の桂、双子の娘の椿と蘭です」

会場は一瞬シンと静まり返った。予想もしていなかった目の前の出来事に、誰もが信じられずに呆然としている。驚きのニュースに、マスコミのカメラのフラッシュ音だけが鳴り響き続けた。

徐々に状況を理解した人達から、盛大な拍手が湧き起こった。怜と少しでもお近づきになりたいと着飾って来た女性達からは、悲鳴が聞こえた。

やっと世間にさくらを紹介することができた。これからはさくらに寄ってくる男共を堂々と追い払うことができると、さくらに対する独占欲は収まるどころか強くなっている。

さくらは会場を見回して、改めて神楽坂家の、そして怜の偉大さを知った。招待客の中には、さくらでも知る著名人の姿がたくさん見える。

ところどころから妬みの視線を感じたが、怜に愛されていることを誇りに自信を持って堂々としていようと思った。

予想通り、翌日の新聞各社やテレビやＳＮＳは、怜の結婚を大きく取り上げていた。

『冷酷王子が溺愛王子へ』などと見出しを出したところもあるくらいに、世間に大きな衝撃を与えたのだ。

あわせて、間もなくオープンを迎える神楽坂リゾートも注目の的になっている。

年中暖かい沖縄の地でウインタースポーツが体験できるのだ。これには沖縄の島民が驚きと期待を寄せている。

ゴルフにテニスにプールにグランピングに、と施設も充実し、更には託児所も完備している。子供を中心に考えられたエリアも、今までにあるようでなかった年代別で使用できるアイデアも話題になっていた。

レセプションパーティーの後、グランドオープンの一ヶ月後からの宿泊予約も開始されたがものの数分で一年近くが埋まってしまった。

リゾート内の施設、特に屋内人工スキー場とスケートリンクには島民からの問い合わせが相次いでパンク状態だった。

宿泊客以外の一般利用は、島民の日が計画されるほど大きな反響を呼んでいる。さくらの何気ない一言をヒントに、怜は神楽坂リゾートを成功に導く大きな道筋を作ったのだ。

＊＊＊

さくらは日々、子供達の成長を感じながら幸せな結婚生活を送っていた。

月日が経つのも早いもので、今は神楽坂リゾートのグランドオープンと二人の結婚式の準備に追われていた。子供達が寝静まった後、二人で相談を重ねている。

「さくら、お色直しは本当に一回でいいのか？」

「充分よ。何なら白のウエディングドレスだけでいいくらい。オーダーで贅沢なドレスだから、ずっと着ていたいくらいよ」

これからオープンする結婚式場には、レンタルドレスも全て新品が用意される。初日に結婚式を挙げるさくらはどれを着ても新品になるが、怜は絶対にさくら用にドレスをオーダーすると譲らなかった。

お陰で似合うドレスが仕上がったが、お色直しを何回もするとせっかくのドレスを着る時間が短くなってしまう。

「さくらは欲がないな」

「そんなことないわ。充分以上にしてもらっているじゃない」

「綺麗なさくらを皆に見せびらかしたい気持ちと、男共には見せたくない気持ちが複雑だ」

「私じゃなくて、みんな怜さんを見たいのよ」

いつまで経っても、さくらの無自覚ぶりは健在だ。

「さくらのカフェは、いつからオープンしたいんだ？」

「そうね……。わがままを言うなら、グランドオープンから週二くらいで始めて、子供達が大きくなったら通常通り営業したいかな」

「そうか。俺はさくらの夢を全力で応援したい。無理に営業する必要はないが、我慢することもない。リゾート内の託児所は、お客様のお子さんを預かる所と従業員用と両方を用意した。さくらだけじゃなく、働く母親はたくさんいるからな。だから、うちの子達ももちろん利用できる」

「色々ありがとう」

「俺の方こそ、知らなかった幸せをたくさんもらって感謝しかない」

優しくさくらを抱きしめて、お互いの温もりで安心する。

「さくら」

「ん？」

小首を傾げ、腕の中から怜を見上げるさくらの唇を奪う。さくらからは鼻に抜けるような吐息が漏れ、怜の理性はなくなった。

深くキスを繰り返しながらソファに押し倒し、怜の舌が口内で暴れ回る。

「んんっ」

さくらの艶っぽい声が合図となり、怜の手が服の中へと差し込まれた。下着越しに胸を揉まれただけで敏感に感じてしまう。

下着をずらし、怜の手が胸の先端を弄《もてあそ》ぶ。

「はあっ、んっ……」

思わず漏れる喘ぎ声も、怜のキスで口が塞《ふさ》がれてこもって聞こえる。

胸への愛撫に翻弄されている間に、さくらはいつの間にか服を脱がされて下着姿の状態だった。

リビングには照明が煌々とついたままで、全てが丸見えになる。

「恥ずかしい。電気を消して」

「俺は、さくらがよく見えて興奮する」

「お願い」

顔を真っ赤にして恥ずかしがるさくらは、何年経っても初々しくて、余計に怜を興奮させる。だが、万が一にも桂がリビングに入って来ては大変だと、少しだけ調光を下げた。

キスを繰り返しながら、手は胸を揉みしだき、先端に刺激を与える。その度にビクビクと跳ねるさくらの身体は更に怜を興奮させ、煽るのだ。

片手が下へ降りて下着の上から割れ目をなぞると、すでにシミになるほど潤っている。何度か擦《こす》っていると、さくらが我慢できずに声を上げる。

「イッちゃう……！」

その声で、怜の手はピタリと止まった。

「えっ？」

「まだイクのは早い」

急にドSモードが入ったのか、何度もイク寸前で止められた。焦らされた下半身からは愛液が溢《あふ》れ出し、物足りなさにムズムズする。

「もっと……」

もっと強い刺激が欲しい。もっと気持ちよくなりたいとさくらは懇願する。

怜の指が愛液の溢《あふ》れる蜜口からスルッと中に差し入れられて膣内《なか》を刺激する。

「ああんっ」

激しくなる指の動きに、大きな声が漏れ出す。

「ダメッ、イクッ」

膣内にある怜の指を、ギュッと締めつけた。焦らされてやっとイケたさくらは、荒い呼吸を繰り返している。怜のモノも、すでに限界まで膨張してはち切れんばかりだった。

ぐったりしているさくらの脚を左右に大きく開き、ゴムをつけた自身のモノを蜜口にあてがった。

愛液で濡れたところをゆるゆると擦《こす》る。

「あっ」

まだ挿入《いれ》ていないが、イッたばかりのさくらの身体には刺激になるのだ。

「ダメだ。挿入《はい》るぞ」

言葉と共に、ミチミチと押し広げられて奥まで入ってくる。

「はあっ」

さくらの悩ましい声。

「くっ」

何かに耐えるような怜の声。

次の瞬間には、怜の激しいピストンがさくらを翻弄する。さくらの締めつけに、怜のモノが更に膨張して隙間がなくなる。二人の相性は何もかもピッタリだった。

怜はその後も何度もさくらを堪能し、満足した二人は眠りについた。

子供達の前では良き父と母の怜とさくらだが、二人の時間は男と女に戻るのだ。

再会して動き出した二人の歯車は未来に向かって順調に時を刻んでいたが、忘れ去られた男の登場に驚くことになる。

数日の予定で東京に行った怜が、夕方には沖縄に戻って来る。子供達もパパの帰りを楽しみにしていた。

怜の母が子供達を見ている間に、さくらはオープンするカフェの打ち合わせに出た。神楽坂リゾート内での営業とはいえ、神楽坂の社長の妻ではなく、テナントの責任者としてリゾートの運営部署の担当者との打ち合わせがあったのだ。そこはしっかりと線引している。

一通り打ち合わせが終わって担当者と別れ、ホテルのフロントの前を通りかかった時だった。

「さくら！」

「えっ？」

自分の名前を呼ぶ声が聞こえたので辺りを見回すと、声の主だと思われる男がさくらを凝視していた。

「俺だ。忘れたとは言わせないぞ。あの時は、突然会社を辞めるなんて無責任なことをして……」

「えっ？」

さくらには、相手を見ても、それが誰なのか全くわからなかった。

「付き合っていた彼氏の顔すら覚えていないのか？」

不満そうに呟く男を、改めて凝視する。

「もしかして……」

「やっと思い出したか？」

「田崎副社長……？」

「はっ、それは嫌味か？」

「えっ？」

「田崎ホールディングスは、かなり前にクビになったよ。何もかもお前のせいだっ!!」

田崎ホールディングスは神楽坂グループの傘下から外されて、一時は倒産寸前だった。体調を崩していた社長である悠太の父が復帰したことで、企業としてなんとか首の皮が繋がっている。

悠太は亜美と離婚をしたことで田崎の家からも勘当され、その後は行方がわからなくなっていた。

半狂乱になっている悠太に、フロントにいた男性が気づいて駆けつけてくる。

「オープン前のホテル内に、どういった御用でしょうか？」

まだホテルは準備の段階で、社員かアルバイト、業者しか出入りできない。

「こいつに用があって来たんだ」

「……」

どうやら入口に立つ警備員の目を盗んで、こっそりと忍び込んできたようだ。怯えているさくらの姿を目にして、フロントの男性は悠太の前に立ちはだった。

「どけよ」

「不法侵入ですよ？」

「うるさい」

言い合う声がフロントの中まで聞こえたのだろう。連絡を受けた警備員が駆けつけて、すぐに悠太を取り抑えた。

「離せよ」

「おとなしくして下さい」

「はあ？　その女に用があるんだよ」

そこへ――

当初の予定より早い飛行機に乗った怜がホテルに到着して騒ぎを聞きつけ、慌てて駆けつけてきた。

「何があった？」

「あっ、社長。奥様が、その男性に詰め寄られていまして」

「さくら！　大丈夫か？」

「ええ……」

フロントの男性の後ろで怯えているさくらの無事を確認して、強く抱きしめる。さくらを腕の中に抱きしめたまま、怜は改めて男の顔を確認した。

「お前は……田崎か⁉　今更、何の用だ！」

怜は腹の底から怒りの声を上げる。

「神楽坂先輩こそ、どういうことですか？」

「何がだ？」

「俺のさくらを……」

警備員に抑えられて自由に動けはしないが、悠太は虚《うつ》ろな目で二人を睨んでいる。

「さくらは俺の妻だ。お前がさくらを裏切ったんだろう？　勝手なことを言うな」

「あの女は失敗だった。さくらがあの時、突然辞めていなくなったりしなければ、会社も困ることはなかったんだ」

「何を言ってるんだ⁉　お前がさくらと付き合っていながら、他の女と見合いをして裏切ったんだろう？」

「結婚と恋愛は別でしょう？　まさか神楽坂先輩ともあろう男が、さくら一人？　もったいない」

「お前とは考え方が違う。俺にはさくらしかいないんだ」

「フンッ。綺麗事は聞きたくないですよ。でも、もうどっちでもいい。俺を見捨てたさくらに責任を取ってもらえさえすれば」

「ふざけるな」

「俺にはもう怖いものはない」

警備員を振り払ってフラフラしながら近寄ってくる悠太は、ポケットに手を入れて何かを出そうとしているように見えた。

この場にいる誰もが危険を感じて息を呑んだ瞬間――

後ろから気配を消して近づいていた陸斗が、悠太に飛び蹴りをしていた。

「グエッ、誰だ!?」

陸斗の気配に全く気づいていなかった悠太は、倒れながらも必死に体勢を立て直そうとしている。その隙を与えず、陸斗に続いて警備員が悠太を一斉に抑え込んだ。ポケットを確認すると、折りたたみのナイフが出てきたのだ。

「これをどうするつもりだったんだ?」

「ただ持っていただけだ」

「そんな言い訳が通用するか！　警察で素直に話してもらおう」

すぐに駆けつけてきた警察官に、悠太は連れて行かれた。

胸に手を当て気持ちを落ち着けようと、さくらは荒い息を繰り返している。

「さくら、大丈夫か？」

「う、うん……。驚いただけだから。最初、誰か全くわからなかったの」

「ああ、俺もだ。先日あいつの親父に偶然会ったんだが、今はどこで何をしているかわからないと言っていた」

「そうなのね……。でも、私の辞め方も悪かったのよね……」

「それは違う。あいつが自分のことしか考えていなかったから悪いんだ。親父さんも、色々と後悔していた。さくらの存在を知らなかったし、来栖の娘があんな女だとも思わなかったらしい。元々息子に田崎を継がせること自体に、不安があったと言っていた。しっかりした嫁さんをもらって、家族や従業員の生活を背負う自覚を持ってほしくて見合いをさせたそうだ。来栖の娘じゃなくてもよかったが、最終的に選んだのは田崎自身だ。まあ、あの女の罠にハマったのかもしれないが……。さくらは完全に被害者だ」

怜の言葉に救われはしたが、今の悠太を目にしてしまっただけに、複雑な気持ちになるのも致し方ない。

「これからどうなるのかな？」

「心配か？」

「心配というか……。仕事をしていた時、彼が努力をしていたのは嘘ではないと思うの。性格には問題ありだったけど、まだまだ人生は長いし、立派なお父様もいるんだし、立ち直ってほしいな、と……」

「そうだな。あいつが本気で変わりたいと思うかだな。陸斗にも伝えておくよ。あとはあいつが対応するだろうから」

「ありがとう」

当時は傷ついたさくらだが、怜のお陰でふっ切れて前を向くことができた。今では、悠太のことを知人として心配している。

怜は、さくらに危害が及んでいたらと思うとゾッとした。以前の怜ならば、迷わず父親ごと訴えただろうが、自分が父親となり、子供を持つ親の立場を知った。もちろん、悠太のしたことは犯罪であり、未遂に終わったとはいえ無罪放免にはならない。だが更生することを願いたい。

恨みや妬みや復讐は、どこかで止めなければ繰り返されてしまう。そうならないためにも、今回で終わりにしたい。

これからも一点の曇りもなく、安心してさくらとの未来を歩めるように——

エピローグ

いよいよ『神楽坂リゾート』のグランドオープンの日を迎える。

さくらと再会するきっかけになったこの地に、神楽坂グループが総力をかけて開発した一大リゾートが完成したのだ。

広大な土地に多数のレジャー施設が点在し、その中でも南国の沖縄に、屋内人工スキー場とスケートリンクを建設したことは意外性があり、最大の注目を集めている。更に、全ての年代に合わせて独自に楽しめる施設も話題を呼んでいた。

ホテルの方もタワーとコテージが選べることもあり、子供連れの家族にはコテージが人気で、ハイシーズンは数年先まで予約が埋まっている盛況ぶりだ。

別荘エリアも空きがなく、もう一棟マンションを建てるか検討されているほどだ。これは、海外や国内の著名人が多数購入している。

実はさくらのカフェがオープンすることが決まってから、別荘エリアには所有者と許可証を持つ者しか入れないようにセキュリティが強化された。さくらのためのセキュリティだったが、結果的にそれが別荘エリアの人気に拍車をかけたといっても過言ではない。

さくらの夢を応援したいが、安心安全は欠かせない。彩葉や陸斗には過保護過ぎると笑われたが、怜は自分が不在の間にさくらが危険な目に遭わないようにしたかった。

今のところ、別荘所有者の他にここに入れるのは、彩葉の店の常連客だけだ。

グランドオープンのパーティーの参加者達が、前日から沖縄の地へ押し寄せた。オープン前後は、招待客が中心だが、驚くことに別荘購入者の八割がオープンパーティーへの出席の回答を寄越していた。

空港からのアクセスは、レンタカーかタクシーかバスになる。神楽坂リゾートでも、移動を快適に過ごしてもらうために、座席をゆったりめに配置したバスから、ファーストクラス並みの座席のバスまで数台用意した。空港から神楽坂リゾートまでを一日何往復もしている。

そして最短の移動手段として、ヘリを用意していた。那覇空港から神楽坂リゾート内のヘリポートまでは二十分程度だ。渋滞もなく最短で到着できるが、費用はそれなりにかかる。別荘所有者優先の事前予約制にしたが、すでに直近での空きはなかった。

別荘エリア用ゲートの受付では、名簿があるとはいえ、実際に訪れる数々の著名人達にスタッフが対応に追われていた。誰もが知るハリウッドスターまでもが出席者に名を連ねているのだ。

さくらはそんな喧騒とは離れて、静かな空間でブライダルエステを受けていた。贅沢だと遠慮するさくらだったが、怜や美也子達から強く勧められて優雅なひとときを送ることになった。

悠太に裏切られた最悪の夜に出会った、最高の人。極上の夜を過ごし、一夜限りの関係だと割り切ってホテルを去った。この地にやって来て出会った彩葉をはじめ、さくらを可愛がってくれた人達。

そしてお腹にはわが子が――

さくらは今日までの日々を思い出し、今の自分がいかに恵まれているかを実感していた。

両親との関係は修復できなかったが、今では実の親以上の存在となった怜の両親に何かと頼っている。

愛する人との間に三人の可愛い子供を授かった。桂を一人で産んで育てる覚悟で頑張っていた頃が懐かしい。桂の存在が、さくらを強く逞しくしていた。

さくらの人柄がたくさんの人達との縁を繋ぎ、そして頑なだった『冷酷王子』の心をも溶かしたのだ。

＊＊＊

晴れ渡る空にパンパンと音が鳴り響き、それを合図にオーケストラの演奏が始まる。

神楽坂リゾートがオープンの瞬間を迎えたのだ。

司会者から社長の挨拶が告げられて、音楽が一旦止んだ。盛大な拍手の中、怜がマイクを持って舞台に上がる。

「本日、神楽坂リゾートはグランドオープンいたしました。皆様に支えられ、この日を迎えられたことを心より感謝いたします」

ここで一旦言葉を切り、怜は空を見上げた。

その姿が皆の視線を集めている。

「この場所が、私達家族、そして神楽坂グループにとって特別な場所であるように、ここを訪れた皆様にとっても特別な場所になるように心から願っております。そして日常を忘れ、極上のひととときをお過ごし下さい」

怜の言葉が招待客の心に響く。

冷酷王子はもういない――守るべき家族を持った怜からは、以前にも増して貫禄が滲み出ているのだ。

「私事ではございますが、本日、神楽坂リゾート内のチャペルにて、妻のさくらと結婚式を挙げさせていただきます」

ここでも割れんばかりの拍手が湧き起こる。

「皆様、温かい拍手をありがとうございます。この場をお借りしまして、グランドオープンならびに結婚式の準備に携わっていただいた皆様にも、御礼申し上げます」

怜が頭を下げて挨拶が終了したと同時に、オーケストラが演奏を再開する。

リゾート内の数ヶ所で立食パーティーが始まる。ここでは食事と景色を贅沢に楽しむことができるのだ。

怜とさくらの結婚式をひと目見ようと、チャペル周辺には人だかりができていた。

怜がシルバーのモーニングコートを身にまとい、スタッフに先導されてやって来た。

この場にいる誰もが、その姿に見惚れて息を呑んだ。まるで童話に出てくる『王子様』そのものだ。怜は周囲をしっかり見回し、丁寧に頭を下げて感謝の気持ちを伝える。

そして、チャペルの中に入って行った。

チャペルの中には、愛する子供達と怜の両親の聡と美也子、弟の陽と秘書の陸斗、さくらの姉のような存在の彩葉が座っている。美也子が蘭を抱っこし、彩葉が椿を抱っこしている。

チャペルでの式は身内で行い、披露宴はオープンパーティーと兼ねている。オープンパーティーの出席者には、新郎新婦からの引き出物が用意されている。

閉じられたチャペルの入口の前に、正装した茂が現れた。経済界に顔が利いて世界的にも有名だが、最近では表舞台に立つことがあまりなく、前回公の場に姿を現したのは半年前のレセプションパーティーだった。

そんな、茂の横に現れたのが――

純白のオーダードレスを身にまとい、子供が三人もいるようには見えない、天使のようなさくらだ。

「「「ほぅ……」」」

感嘆の息が周囲から漏れる。

「しげちゃん、いえ、お祖父様《じい》。至らぬところばかりですが、これからもよろしくお願いいたします」

「さくちゃん、こちらこそよろしく頼む。怜を支えてやってくれ。あっ、お祖父様《じい》はもうなしじゃ」

「はい。しげちゃん」

さくらのとびきりの笑顔に、茂だけではなく出席者も魅了されている。

「こりゃ、怜も気が気じゃないな」

そうボソッと呟いた言葉は、さくらには聞こえていなかった。

「では、準備が整いましたので新婦様のご入場です」

スタッフに促されて、さくらは茂の腕をそっと掴む。

バージンロードを誰と歩くか話し合った際、さくらの両親は結婚式の出席を辞退していたため、さくらがしげちゃんがいいと言ったのだ。指名された茂は大喜びだった。

さくらと茂が一歩一歩、怜に向かって歩みを進める。眩しいものでも見るように目を細めて優しい表情をした怜が、さくらを待っている。

そして――

「怜、しっかりと守るんだぞ」

「はい」

茂からの重い言葉と、託された美しい花嫁。

二人揃って牧師の前に立つ。

「新郎怜さん、あなたはここにいるさくらさんを、病める時も健やかなる時も、富める時も貧しき時も、妻として愛し、敬い、慈しむことを誓いますか？」

「はい、誓います」

「新婦さくらさん、あなたはここにいる怜さんを、病める時も健やかなる時も、富める時も貧しき時も、夫として愛し、敬い、慈しむことを誓いますか？」

「はい、誓います」


二人が、永遠の愛を誓った——

リングボーイの桂が、二人に結婚指輪を届ける。

怜がさくらの左手の薬指に指輪をはめた。さくらにプロポーズをした時に婚約指輪を贈っていたが、結婚指輪を渡すのはこの日まで待っていた。

さくらも大きくて男性にしては細く綺麗な怜の左手の薬指に、そっと指輪をはめた。

「誓いのキスを——」

牧師の言葉に、怜がそっとベールを上げた。ベール越しだった二人の視線がしっかりと交わる。

さくらが少し上を向き、長身の怜が屈んで、キスをする。

二人のすれ違いをずっと見てきた陸斗と彩葉は、感動の涙が止まらない。やっとこの日を迎えられたのだ。

新郎新婦が腕を組み、バージンロードを歩き、退場する。

そして、チャペルから出た瞬間——

たくさんの人達からのフラワーシャワーが沖縄の空へ舞う。盛大な拍手と歓声が辺りに響き渡った。

二人は笑顔で見つめ合い、そして前を向き、一礼する。

一夜の奇跡からすれ違い、時間はかかってしまったが、二人は結ばれ、幸せな未来を歩んでいく——

永遠に——

# 番外編　満員御礼～その後の神楽坂家～

神楽坂リゾートのグランドオープンから一年――

「いらっしゃいませ。ごめんなさい、ただ今満席なんです。お店の前のベンチでお待ち下さい！」

「は～い」

ここは都会の真ん中の人気カフェ、ではなく、沖縄の神楽坂リゾート内にあるカフェ『さくらガーデン』。オーナーであるさくらの名前から名付けられたこのカフェは、周囲に桜の木が植えられ、本州より一足早い一月下旬から綺麗に花を咲かせるのだ。他にもたくさんの花を植えていて、名前のごとく窓の外に広がる庭を楽しんでもらいたいという、さくらの想いが詰まっている。

限られた人しか入ることのできない別荘エリアに建つアットホームなカフェだが、人気のあまり、営業中はずっと満席だった。

神楽坂グループの社長が溺愛する妻――さくらがオーナーのこのカフェは、そのオーナーが子育て真っ最中なこともあって営業は週二日と限られている。

店はログハウス風のオシャレな造りで、広々とした店内はゆっくりとくつろげてついつい長居をしたくなる。さくらの人柄と、さくらの作るランチプレートを目当てに『ちゅらかーぎー彩』からは遠くなったにもかかわらず、通ってくれる常連客が大勢いるからありがたい。

それだけではない。別荘の稼働率は当初想定していた数字を大きく上回り、所有者達は頻繁にこの地へ訪れている。神楽坂リゾート内に別荘を所有する世界各国のセレブ達が、さくら目当てにやって来ると言っても過言ではないのだ。

店内では英語が飛び交い、海外へ旅行に来たような感覚に陥ることもしばしば。

『ハーイ、さくら。こんにちは』

『ミシェル、いらっしゃい』

『お腹空いてるの。ランチは何？』

『今日は、チキンのハーブ焼きかフィッシュフライのどちらかよ』

『じゃあ、チキンにするわ。ライス少なめに』

『了解～』

さくらは至って普通に英語で会話をしているが、店内にいる常連客達はドキドキしながらミシェルを見ている。

それもそのはず、ミシェルはハリウッドスターなのだ。神楽坂リゾートの別荘を、ミシェルの父が購入し、グランドオープンのパーティには親子で来てくれた。その時にミシェルがここを気に入り、数日休みが取れると神楽坂リゾートへお忍びでやって来るようになったのだ。

別荘エリアはセキュリティもしっかりしていて、ブライベート空間も充実、店もレストランもあって快適に過ごせる。

今では、さくらと家族ぐるみの付き合いをするほど、交流があるのだ。

『聞いてよ～』

『どうしたの？』

『今、トニーと撮影してるんだけど、あのおじさん、セクハラしてくるの～』

『それは辛いわね』

『でしょう？　愚痴でも言わないとやってられないわ』

『怜に相談してみたら？　ハリウッドにも知り合いがたくさんいるから』

『ありがとう。それは心強いわ』

「「……」」

さくらとミシェルの会話は、もちろん店内にも聞こえている。いや、みんなが聞き耳を立てていて、流暢な英語だから単語しか聞き取れていないが、ミシェルの言うトニーが誰のことかは明らかだ。ハリウッドの大御所で、人気スターをおじさんと言ってしまう、ミシェルもかなりの大物だ。

こんな会話がハリウッドではなく、沖縄のアットホームなカフェで交わされているのだから驚く。

そこへ、カランカランと扉の開く可愛らしい音がして、また新たなお客様が……

『またお前か』

『また現れた』

ミシェルと怜がさくらの取り合いを始めるのも、見慣れた光景なのだ。

「お帰りなさい。怜、仕事は？」

「ただいま。早く片付いたから、急いで帰ってきた。会いたかった」

カウンターの中へ入り、さくらをギュッと抱きしめる。常連客達も、見慣れた光景に特に反応はない。

『ねえ、何なの？　一日二日会ってないだけで、さくらを独り占めしないで』

『さくらは俺のものだ。しかも、三日振りだぞ』

ハリウッド女優を相手に、怜は敵意を剥《む》き出しにする。

「怜、お料理が焦げちゃうから」

「ああ」

渋々さくらを解放して、空いているカウンター席に座った。

そこへ、またまた扉が開く。

「怜！　やっぱりここか！　まだ、仕事が残ってるんだぞ」

「「……」」

仕事は片付いたと言って、さくらに会いたいばかりに空港に着くなりここへ飛んできたのだ。

「少しくらい、いいだろう？　東京から戻って来ても、まだ仕事をさせるのか？」

「いやいや、早くここへ帰りたいからって、無理矢理仕事を持ち帰ったのはお前だろう！」

「わかった、わかった」

陸斗に連れられて渋々店を後にする怜を、ミシェルは勝ち誇った顔で見ている。

「さくら、また後でな」

「仕事、頑張ってね」

「ああ」

冷酷王子と言われていた姿は、もう影も形もない。仕事中は厳しいが、以前のような冷たい印象もなくなった。

『神楽坂の社長って、若くてやり手で冷酷だって聞いたことがあったんだけど、彼のことよね？』

『ふふっ、懐かしいわね。そう言われていたみたいね』

『私が知っているレイは、さくらと子供達に甘々で、いつもデレデレしてるじゃない』

『怜はいつでも最高の旦那様で、最高のパパよ』

『はいはい。ごちそうさま』

さくらと怜を知る人達にとって二人は理想の夫婦であり、憧れの存在になっているのだ。ミシェルも怜とさくらの取り合いをしているが、二人の関係に憧れている一人だった。

カフェの営業が終わり、神楽坂リゾート内に建つ自宅へ帰ると、にぎやかな声が聞こえてくる。

「ただいま」

「ママ〜、おかえり」

桂がさくらの元まで走って迎えに出た。桂は五歳になり、双子もあと数ヶ月で二歳になる。怜と再会したのがつい最近のように感じても、子供の成長がその年月を教えてくれた。

「「ママ〜」」

双子も少しずつ言葉が増えて、桂の時と比べるとかなりやんちゃなのだ。

「いい子にしてた？」

「「うん」」

「また、おもちゃ箱をひっくり返してたよ」

「あらあら。桂が片付けてくれたの？」

「うん」

「いつも、ありがとう」

優しいお兄ちゃんが、双子の面倒を見てくれて、本当に助かっている。

「さくらちゃん、お帰りなさい」

「ただいま帰りました」

キッチンから出てきたのは美也子で、さくらにとっては義母になるが、本当の母親のような存在で、いつもさくらを助けてくれる。

結局、聡と美也子も一年の大半を沖縄で過ごし、ほぼこちらへ移住したといっても過言ではない。

さくら達の住む建物の隣に立派な別荘を建て、聡と美也子と茂が住み、毎日のように顔を合わせているのだ。

さくらがカフェを営業している日は、美也子が双子の面倒を見てくれる。桂は同年代の子供達との交流も大事だと考えて、神楽坂リゾート内の託児所へ毎日通っていた。神楽坂リゾートで働く従業員の子供達と一緒に過ごし、身体だけではなく心も成長している。

ただ桂が小学生になる日も近く、今後のことを検討中で悩みは尽きない。自然に囲まれて穏やかに暮らしたいが、桂は将来神楽坂グループを背負うことになる。一流の教育を受けるために東京へ戻ることも視野に入っているのだ。


この日の夕食は、聡と美也子に、茂、陸斗までが集合していた。

そこへ――

玄関のインターホンが鳴り、来客を知らせる。

『こんばんは！』

元気に現れたのは、昼間にカフェへ来ていたミシェルだ。

『ミシェル、こんばんは』

『桂！　また、英語が上達したんじゃない？』

『ホント！　やったー』

『また来たのか』

『レイは、いつも私を邪魔者扱いね』

『ミシェルちゃん、いらっしゃい』

『『ミシェ！』』

神楽坂家はミシェルを歓迎している。双子もミシェと呼んで懐いているのだ。若干迷惑そうな怜を除いては……

英語が堪能な一家は、ミシェルが来ると英語で会話をする。桂はミシェルのお陰で日常会話ができるまでに成長していた。

普段からにぎやかだが、ミシェルが加わり、更ににぎやかな夜を過ごす。

『ミシェルは、いつまでいるの？』

『明後日の朝には、ここを出発するわ』

『強行スケジュールね』

『嫌なことや、悩みがあると、さくらに会いたくなっちゃって……』

「チッ」

ミシェルの言葉に、思わず舌打ちをする怜だが、気持ちはよくわかるのだ。怜も幾度となくさくらの存在に癒やされ、助けられてきた。

『レイって本当に嫉妬深いよね。さくらに嫌われるわよ』

『はあ⁉』

『怜、落ち着いて。ミシェルも煽らないの』

『はぁ～い』

さくらの一言でこの場は収まる。毎回のことにくすくすと笑いが起こるものの、誰も口を挟まない。


夕食が終わると、それぞれが自分の別荘へと帰っていく。そして、あとは怜のパパとしての仕事が待っているのだ。

「さくら～、椿を上げてくれ」

「は～い」

バスルームから呼ばれて迎えに行くと、バスタブに浸かっている桂と蘭の姿。バスタオルを広げて、ホカホカに温まった椿をさくらが受け取る。さくらが椿を拭いている間に、怜も自分の身体を拭いて、次に蘭を上げるのだ。桂は、いつも双子の世話を手伝ってくれる上に、自分のことは自分でできるので、さくらは助けられている。

お風呂から上がると、双子はあっという間に眠りにつく。桂は、怜に本を読んでもらって眠るのが小さい頃から大好きで、それは今でも続いていた。

そして、ここから大人の時間が始まる――

怜が慣れた手つきでワインのボトルを開けて、グラスに注いだ。

「やっと、二人きりになれた」

「ふふっ、仕事、お疲れ様。パパもお疲れ様」

神楽坂グループの社長として、たくさんの人の人生を背負っている。けれど家に帰ってきた瞬間、怜は子供達にとって完璧なパパになるのだ。

「ああ。今から、さくらに癒やしてもらわないとな」

そして子供達が寝静まると、パパから一瞬にして男の顔になり、さくらへの欲望をあらわにする。

何年経っても変わらぬ愛。

いや、それどころか年々大きくなっている……

一口飲んだだけのグラスは、もう待てないとばかりにテーブルに置き、怜の唇がさくらの唇へと重なった。ワインの香りが鼻に抜け、一口しか飲んでいないのに一気に酔いそうだった。さくらの口内に怜の舌が侵入し、動き回る。

「んんんっ」

さくらから鼻に抜けるような声が漏れ、それが怜を刺激して煽るのだ。

ゆっくりとさくらの身体をソファへ倒し、覆い被さる。手がパジャマの中へと差し入れられて、胸をやわやわと揉みしだく。怜の手が先端を掠《かす》めていくが、緩い刺激に物足りなさを感じた。

「もっと……」

「ん？　何が？」

わかっているくせに、わざと意地悪な返事をしてさくらを焦らしているのだ。

「もっと、気持ちよくなりたい……」

「さくらは欲張りだな」

「イジワル」

拗《す》ねるさくらを見たくて、わざと焦らしている。

「もっと俺を欲しがってくれ。どうしてほしい？」

「もっと強く……」

素直なさくらの欲求に、胸の先端をキュッと摘《つま》んだ。

「はあんっ」

色っぽい喘ぎ声に、焦らしていた怜の方が煽られている。早急な動きでさくらのパジャマを剥《は》ぎ取り、上半身裸になったさくらの胸の先端を口に含み吸い上げた。さくらは求めていた刺激に、下半身から愛液が溢《あふ》れるのを感じる。自然と腰が浮き、更なる刺激を身体が求めていた。

妖艶な舌で先端を転がされ、反対を指で捏《こ》ねられ、空いている手が下半身へと下りていく。下着の上からでも濡れているのがわかるくらい、反応していた。更に何度も何度も擦《こす》られると、下着がビショビショになって冷たくなっているのを感じる。

「ビショビショだな」

「恥ずかしい……」

「素直に感じてくれて、俺は嬉しい。さくら、愛してる」

怜から囁かれる愛の言葉は、何度聞いても嬉しいものだ。

「私も……」

「私も何？　続きを聞きたい」

「怜、愛してる」

さくらから愛の言葉を聞いた瞬間、もう我慢できないとばかりに、怜は着ているものを脱ぎ捨てた。大きく反り立つ怜のモノが存在を主張している。そこへゴムを装着し、さくらの下着を脱がせて一気に奥まで貫いた。

「はああん……！」

「くっ」

十分に濡れているものの、一気にやって来た快感に膣内がギュッと怜のモノを締め上げる。あまりの刺激に我慢の限界を迎えそうになった怜が、さくらの両脚を大きく左右に広げて動き出した。

「待って……」

怜の力強いピストンに頭が真っ白になり、「待って」と声を掛けるも、「気持ちよ過ぎて待てない」と返されてしまう。

びちゃびちゃと響く水音とパンパンと身体がぶつかる音と、二人の喘ぎ声が室内に響き渡る。

「ダメッ、イッちゃう」

さくらの言葉を聞き、力強く最奥まで突くと同時に胸の先端を強めに摘《つま》んだ。

「ひゃあんっ、ハアハア」

膣内がビクビクと痙攣し、怜のモノを締め上げて寸分の隙間もないくらい密着している。イッて脱力しているさくらから、まだまだ元気な自身を取り出し、さくらの身体をうつ伏せにしてゴムを付け替える。

「えっ、待って」

さくらのその声も聞こえないとばかりに、怜は後ろから一気に挿入《はい》った。

「あんっ、ダメ」

「ヤバイ、気持ちよ過ぎる」

背後から掠《かす》れた声が聞こえ、最奥に挿入《はい》ったままの状態で怜がゆるゆると動く。先程までとは違うところを大きく膨張したモノで擦《こす》られて、さくらはあまりの快感に何も考えられなくなる。

「んんんっ、れ、れい」

「ん？」

「好き……」

さくらの言葉に怜のモノがビクッと反応し、膣内を刺激する。

「ああ、愛してる」

言葉を発した瞬間、さくらの背中にグッと密着して後ろから抱きしめた。

「ぁ、あぁぁん……」

膣内《なか》も外も密着して、お互いの身体が一つに溶け合う——


怜に愛されてぐったりした身体を抱き上げられ、さくらはバスルームへ移動した。後ろから抱きしめられた状態でバスタブに浸かり、会話をする。

「仕事、忙しい？　身体は大丈夫？」

「忙しいけど身体が元気なことは、さくらが一番知っているだろう？」

「もう！　私は真面目に心配しているの」

「くくっ、わかってる。さくらと子供達のためにも、長生きするよ」

「うん！　怜と再会していなかったら、椿と蘭を授かることもなかったし、神楽坂家の一員になることもなかったと思うと、本当に私は幸せだなって思うの」

「それはさくらだけじゃなく俺もだし、俺の家族もみんなが思ってることだ。さくらの存在を親父達に電話で伝えたら、その日のうちに飛んできたことを今でも思い出す」

「てっきり怒られるかと思っていたら、泣いて喜んで下さって……私にとっても最高の思い出だわ」

「さくらは祖父《じい》さんまで手玉に取ってるからな。いい歳して、さくちゃんって」

「しげちゃんには、いつまでも元気でいてもらわないと」

「そうだな。両親も祖父《じい》さんも、俺が結婚するなんて思ってもいなかったみたいだし、ましてや子供なんて諦めていたからな。さくらの存在が神楽坂家を幸せな未来へ導いてくれる」

「あの夜、怜に出会ったことが奇跡だと思う……」

「俺達は出会う運命だったんだよ。そうでなかったら、桂の存在はなかった」

「そうかも……」

彼氏に裏切られて立ち直れたのも、子供を授かったのも、怜のお陰であり、運命だったと今はそう思える。

沖縄へ来たのも、彩葉と出会えたのも、全てが未来への幸せへと繋がっていた。

「さくらと再会した時の感動を、俺は一生忘れない」

「私も……」

怜の方へ身体の向きを変え、唇が合わさった。角度を変えて、もう離さないと口づけを交わす。

まだまだ足りないとばかりに、そのまま二人は熱い夜を過ごした……

数日後——

最近は東京での新たなホテル事業で忙しい怜に、丸一日の休みが取れた。

さくらは陸斗から、怜が無理矢理休みにしたと聞いていたが、子供達が喜んでいるので知らないふりをする。

「どこか行きたいところはあるか？」

「水族館！」

桂は今でも水族館が大好きで、どこか行きたいところを聞かれると、必ず水族館と言う。怜にとっても、初めてわが子と行った思い出の場所だった。今の神楽坂リゾートの成功に、あの時の会話が大きく貢献している。

「水族館へ行くか」

「フフッ、いいわね」

子供達の喜ぶ顔が、さくらにとっても一番の喜びなのだ。しかも、神楽坂リゾートからは近くて行きやすい。

車に荷物を積み込んでいると、隣の別荘から美也子が出てきた。

「どこかへお出掛け？」

「ばあば、水族館へ行くの！」

「まあ、いいわね」

「ばあばも行く？」

「桂、誘わなくていい」

怜は嫌な予感がして、思わず口を挟んだ。

「まあ、桂くんは優しいわね。もちろん行くわ！」

「だから来なくていい」

「あなたじゃなくて、桂くんが誘ってくれたのよ」

「ママ～、ばあばも行くって～」

桂が家の中で用意をしているさくらへ報告している。

「チッ」

「じゃあ、用意をしてくるわ。きっと、お義父《とう》様達も行くって言うわね」

「車に乗れないだろう……」

「現地集合でいいわよ。陽が来てるから」

「はあ!?　何であいつがいるんだ？　東京だろう？」

「何か一日空いたからって、昨夜来たわよ」

「……あいつには休日に過ごす相手もいないのか!?」

怜が一日休みを取ったことで、陽にも休みができたのだ。彼女でもいたら、ここへは来ないだろうが……

結局、神楽坂家が勢揃いして水族館を楽しむことになった。

目立つ一行に、周囲から視線が集まるのは致し方ない。

「ククッ。怜が突然、イルカを買うって言い出して、驚いたことを思い出すな。その後、巨大なイルカのぬいぐるみを抱えてあの売店から出てきたのを見て衝撃を受けたのが懐かしい」

ちゃっかりと付いてきた陸斗が笑っている。

「私もしっかり覚えています。大きさにも、値段にも驚きましたから」

「桂くんの部屋にある、あの大きなイルカよね？　怜がプレゼントしたものだったのね」

「そうなんです。本当にびっくりしました」

「笑っていた陸斗には腹が立ったが、今でも桂が大切にしてるから許すか……」

巨大なイルカは、今でも桂にとって宝物だ。

何年経っても、色褪せない大切な思い出——

さくらと怜の出会いから始まった物語は、たくさんの思い出と、そして明るい未来でまだまだ続いていく——

この作品に対する皆様のご意見・ご感想をお待ちしております。
おハガキ・お手紙は以下の宛先にお送りください。

【宛先】
〒150-6019 東京都渋谷区恵比寿4-20-3 恵比寿ｶﾞｰﾃﾞﾝﾌﾟﾚｲｽﾀﾜｰ19F
（株）アルファポリス　書籍感想係

メールフォームでのご意見・ご感想は右のＱＲコードから、
あるいは以下のワードで検索をかけてください。

アルファポリス　書籍の感想　検索

ご感想はこちらから

本書は、「アルファポリス」（https://www.alphapolis.co.jp/）に掲載されていたものを、改題、改稿、加筆のうえ、書籍化したものです。

冷徹御曹司《れいてつおんぞうし》と極上《ごくじょう》の一夜《いちや》に溺《おぼ》れたら愛《あい》を孕《はら》みました

せいとも

2024年7月25日初版発行

編集－木村 文・大木 瞳
編集長－倉持真理
発行者－梶本雄介
発行所－株式会社アルファポリス
〒150-6019 東京都渋谷区恵比寿4-20-3 恵比寿ｶﾞｰﾃﾞﾝﾌﾟﾚｲｽﾀﾜｰ19F
TEL 03-6277-1601（営業） 03-6277-1602（編集）
URL https://www.alphapolis.co.jp/
発売元－株式会社星雲社（共同出版社・流通責任出版社）
〒112-0005 東京都文京区水道1-3-30
TEL 03-3868-3275
装丁イラスト－七夏
装丁デザイン－AFTERGLOW
（レーベルフォーマットデザイン－ansyyqdesign）
印刷－中央精版印刷株式会社


ISBN978-4-434-34179-3 C0093